Clemens Esser

# Zwischen den Wegen

*Sartins märchenhafte Suche*

Erzählung

Bibliografische Information der Deutschen Nationalbibliothek
Die Deutsche Bibliothek verzeichnet diese Publikation in der Deutschen Nationalbibliografie; detaillierte bibliografische Daten sind im Internet über http://dnb.dnb.de abrufbar.

www. wenz-verlag.de

Clemens Esser
Zwischen den Wegen
Sartins märchenhafte Suche
Erzählung

Dreieich bei Frankfurt/M.

Umschlaggestaltung: im Verlag

Printed in EU

ISBN 978-3-937791-53-1

*Glück wie Unglück –*
*dies hab ich alles hier,*
*denn vom Erdenparadies*
*wohnt ein Stück bei mir.*

*(Zboho njezbozo, to tu wsitko mam, tola zemskoh raja ze mnu bydli kus.)*

Aus: „Poesie der kleinen Kammer“ von Jurij Chezka, entdeckt im Sorbischen Museum, Bautzen.

# PROLOG

„Einst lag in der bronzenen Stadt im Schatten der prächtigen Kathedrale der große Marktplatz. Dort warben an jedem Wochentag die Händler für Obst und Gemüse, Fisch und Fleisch, Gewürze und Blumen lautstark um die Kunden. Schon im ersten Morgengrauen bauten sie ihre Stände auf und erst wenn es dunkel wurde wieder ab.

Am westlichen Ende des Marktes, ganz nah beim stattlichen Rathaus, hatte der alte Fisch-Piet seinen Stand, so wie zuvor sein Vater und dessen Vater. Seine Stimme konnte man über den ganzen Markt vernehmen, wenn er die fangfrischen Karpfen aus dem Achatsee anpries oder den getrockneten Kabeljau vom nördlichen Meer.

Doch eines Tages zog ein neuer Fischhändler in die bronzene Stadt und öffnete seinen Stand genau auf der gegenüberliegenden Seite des Marktes. Da sagte der alte Fisch-Piet zu seinem Standnachbarn, dem Gemüsebauern aus den Bergen: ‚Ein Fremder ist in die Stadt gezogen und verdirbt mir das Geschäft. Wenn wir nicht aufpassen, werden ihm viele andere folgen, der eine mit Gemüse aus dem Süden, der andere mit Gewürzen aus den Kolonien, der dritte mit Blumen aus Holland. Du kennst mich, so wie schon dein Vater meinen Vater kannte. Wir müssen zusammenhalten: Wenn jemand an deinem Stand also eine Melone kauft,

Clemens Esser • Zwischen den Wegen

dann sag ihm, er könne sich bei mir noch zwei Sardinen dazu holen.'

Der neue Fischhändler namens Karl Beaufrold, dessen Eltern aus der bronzenen Stadt stammten und der nun nach Jahren als Küstenfischer in das Haus seiner Eltern gezogen war, warb hingegen mit Fischsorten, von denen die Bürger der bronzenen Stadt noch nie gehört hatten; er garnierte sie mit aromatischen Algen und bunten Muscheln. Viele Leute waren neugierig und kauften den Fisch nun bei ihm.

Da wurde der alte Fisch-Piet noch wütender. Nach und nach sprach er fast alle Händler auf seiner Seite des Marktes an und drohte: ‚Wenn du mir nicht hilfst, meinen Fisch zu verkaufen, dann wird es bald nur noch die stinkenden Makrelen und dürren Schnäpel des Franzosen geben, mit den glibberigen Algen und all dem miesen Muschelzeug.'

Auch Karl Beaufrold merkte mit der Zeit, dass sich einige der Händler auf dem Markt gegen ihn verschworen. Da wirkte er seinerseits auf jene Händler ein, welche seine Eltern noch gekannt hatten. ‚Was hat der Fisch-Piet für euch getan in all den Jahren? Nun auf einmal sollt ihr für ihn werben und gegen mich stänkern. Gibt es denn etwa nur einen Gemüsehändler auf dem Markt oder nur einen Blumenstand?'

Doch der alte Fisch-Piet gab keine Ruhe. Eines Nachts schlich er sich an die Stelle, wo immer die Theke des Beaufrold stand und goss rundum einen Bottich stinkenden Fischwassers aus.

Das ließ sich der Karl Beaufrold nicht gefallen und versteckte Küchenschaben und Silberfische in der Fischkiste des alten Piet. So geriet nach und nach der halbe Markt in Verruf, dass dort verdorbener Fisch und Ungeziefer an der Tagesordnung seien. Drum begannen auch die übrigen Händler rundum, für den einen oder den anderen Fischverkäufer Partei zu ergreifen. Und nach und nach drehten sich alle Gespräche auf dem Markt um nichts anderes mehr als um den Streit der beiden Fischer.

‚Jahrelang hat er nichts von unserer schönen Stadt wissen wollen. Weil er aber an der Küste nicht vom Fischfang leben konnte, kommt er jetzt hierher und bringt nur Unruhe mit.'

‚Der alte Fisch-Piet hat nicht ein einziges neues Erzeugnis hervorgebracht in all den Jahren. Kein Wunder, dass die Kunden ihm in Scharen den Rücken kehren. Mit dem neuen Fischstand hält endlich der Fortschritt Einzug in die bronzene Stadt.'

Selbst von den Kunden erwarteten die Händler alsbald ein Bekenntnis, auf welcher Seite sie stünden, und nur mit der richtigen Antwort gab es frische Ware zu einem guten Preis. Schon tauchten hier und da versteckte Zeichen in den engen Gassen der Altstadt auf, an denen die Eingeweihten erkennen konnten, ob hier die Anhänger des Fisch-Piet oder des Beaufrold willkommen waren. Man fand sie an den gemütlichen Fachwerkhäusern und den Handwerkerläden. Und im Verlauf des Jahres wurden die Zeichen immer mehr und immer größer.

Als schließlich die Zeit für den Weihnachtsmarkt bevorstand und die meisten Händler ihre Stände in die Winterquartiere brachten, traten beide Fischhändler nacheinander mit ihren jeweiligen Argumenten vor den Bürgermeister. Beide bedrängten ihn, dass jetzt nicht die Zeit für sentimentale Kindermärkte sei, dies sei die Zeit für Entscheidungen: Fortschritt oder Tradition, Alteingesessene oder Zugezogene.

Der Bürgermeister aber gab jedem von ihnen die gleiche Antwort: ‚Der Markt ist offen für alle; die Kunden allein mögen täglich entscheiden, wessen Fisch und wessen Gemüse und wessen Blumen sie kaufen wollen. Und es ziemt sich nicht, den Weihnachtsmarkt wegen eures kleinlichen Händels auch nur um einen einzigen Tag hinauszuzögern.'

Die Händler hatten aber schon die halbe Bürgerschaft mit ihrem Zwist aufgewiegelt. Alsbald wurde der Bürgermeister abgesetzt und musste die Stadt verlassen. Die beiden Parteien und ihre jeweiligen Anhänger aber malten einen großen roten Strich mitten durch die Stadt, über den Marktplatz, ja sogar durch die heilige Kathedrale. Und eine jede Gruppe wählte sich einen eigenen Bürgermeister.

Statt des besinnlichen Weihnachtsmarkts aber standen auf dem Marktplatz während des kalten Winters nur zwei Fischbuden an den äußersten Ecken des Platzes, an deren Feuern sich die Eiferer drängten und sich die Mäuler zerrissen mit Gerüchten über all die Lügen und Untaten, die auf der anderen Seite des Marktes wohl geschehen mochten."

Der Vater beendete seine Geschichte, stand vom wackligen Hocker neben dem Kinderbett auf und seufzte. Seine kleine Tochter aber sah den Vater aus großen Augen an: „Das war ein seltsames Märchen – und warum erzählst du es mir des Morgens zum Aufstehen?"

Grimmig antwortete der Vater: „Du sollst erkennen lernen, wann und wie es anfängt. Schon lange bevor die Waffen sprechen, beginnt der Krieg in den Köpfen und auf den Zungen."

Dann zog er die Vorhänge auf und blickte aus dem Fenster. Er sah die Sonne und das Meer, da endlich hellte sich sein Gesichtsausdruck auf. Er öffnete die Tür zur kleinen Wohnküche und rief seiner Tochter aufmunternd zu: „Das Frühstück wird gleich fertig sein, Ejnikka – ein neuer Tag."

Teil I

# Yanni

# Kleine Augen, grosse Welt

Yanni klappte ihren Gitarrenkoffer zu und sammelte das Geld aus dem Hut auf. Einst hatte sie mit ihrer schönen Stimme die Zuhörer in den Konzertsälen ganz Europas zum Träumen und Weinen gebracht, aber nun zog sie mit ihrer Gitarre von Ort zu Ort und sang die Lieder aus ihrer fernen Heimat, um sich und ihren Sohn zu ernähren. Auf den Marktplätzen gaben ihr die Menschen, die ihr zuhörten, ein paar Groschen, ein kleines Brot oder ein Stück Obst. Manche hörten sich viele Lieder an und gaben doch nur einen alten Knopf in den Hut, den Yanni herumreichte. In großen Städten waren die Menschen oft gar achtlos und gingen vorbei, sodass sich Mutter und Kind bald schon über diejenigen freuten, die wenigstens stehenblieben und zuhörten und sich zur Musik sanft hin- und herbewegten.

„Mutter Yanni, wann sehen wir Vater Yannu wieder?", fragte der Junge oft, wenn sie loszogen aus einer Stadt in die nächste.

„Bald, mein Kind, aber wir müssen noch genug verdienen für einen langen Winter, wenn es zu kalt ist für die Gitarre und für meine Finger. Und für den Neuanfang in einer Heimat, welche wir noch nicht kennen."

In den Pausen am Weg erzählte die Mutter dem Kind Geschichten, selbst erfundene oder Sagen und Märchen aus der alten Heimat. Und wenn das

Kind vor Hunger nicht schlafen konnte, dann sang sie ihm das Lied vor, das sie kurz nach der Geburt für ihn erdacht hatte:

*Die Sonne zeigt den Weg zu dir,*
*vielleicht ist sie das Ziel,*
*die Sterne leuchten überall,*
*und schweigen immer still.*

*Morgens schon in deinen Augen,*
*kleine Augen, große Welt,*
*Morgens schon in deinen Augen,*
*seh' ich unsern Weg erhellt.*

*Im Himmelszelt bist du daheim,*
*dort suchst du deinen Stern.*
*Und wenn du einst zuhause bist,*
*ist er dir nicht mehr fern.*

*Morgens schon in deinen Augen,*
*große Augen, kleine Welt,*
*morgens schon in deinen Augen,*
*spür' ich, dass mich einer hält.*

Der kleine Junge wuchs über ihre Reisen heran und lernte zu singen und die Gitarre zu spielen. Jedes vierte Jahr zu seinem Geburtstag feierten Mutter Yanni und ihr Sohn ein ganz besonderes Fest – denn er war an einem 29. Februar geboren. Yanni buk für sich, ihren Sohn und alle, die gerade mit ihnen verweilten, das Gewürzbrot aus der alten Heimat, zu dem sie Trauben, Datteln und Käse reichte. Ein jeder sang dann die Lieder seiner jeweiligen Heimat, und manche Träne floss.

Wenn Yanni den kleinen Jungen dann am Geburtstagsabend ins Bett brachte, erzählte sie ihrem Sohn eine neue Geschichte, die sie speziell für diesen einen Geburtstag ersonnen hatte.

Zu seinem zweiten Geburtstag, als er also acht Jahre geworden war, las sie ihm aus ihrer wunderschön gebundenen alten Kladde die Geschichte vom zerstreuten Bäckerlein vor.

# Das zerstreute Bäckerlein

*„Es war einmal, vor gar nicht langer Zeit, ein kleiner Bäcker, der in seinen Gedanken nie an dem Ort war, wo er sich gerade befand. Er war ein guter Mensch und einer der Besten seiner Zunft. Doch wenn er unterwegs zur Mühle oder zum Brunnen war, fielen ihm auf dem Weg so viele Sachen ein, die er noch anfangen, reparieren oder verbessern könnte, dass er erst gen Abend die Mühle erreichte, mal kurz bevor, manchmal aber erst kurz nachdem der Müller nach Hause gegangen war.*

*Auch war er so zerstreut, dass seine Frau, die Bäckerin, alle wichtigen Rezepte vor ihm versteckte, damit er sie nicht mit seinen Notizen vollkritzelte oder aus Versehen zum Anheizen in den Ofen warf.*

*Eines Tages war er auf dem Weg zum Gemischtwarenladen, um Lakritz zu kaufen. So schlenderte das zerstreute Bäckerlein seines Weges und dachte dabei an dies und das. Zum Glück aber stand am Wegesrand eine Anispflanze und rief dem zerstreuten Bäckerlein hinterher: ‚Denk an das Lakritz!'*

*Kurz darauf erreichte der Bäcker den Gemischtwarenladen. Der Besitzer war eine Seele von einem Krämer und er fragte das Bäckerlein: ‚Werter Bäckersmann, was begehrt Ihr? Bei mir bekommt Ihr das feinste Mehl der Stadt, den süßesten Zucker, und die frischeste Butter.'*

*Sofort war dem Bäcker da entfallen, was er mitbringen sollte, und ratlos öffnete er mal diese Dose, mal jene Flasche, in der Hoffnung, sich zu erinnern.*

*Da strömte ihm aus einem Kästchen der Duft von frischem Anis entgegen und er entsann sich der Worte der Pflanze am Wegesrand: ‚Lakritz! Lakritz soll ich mitbringen – natürlich. Wir wollen ja Weihnachtsgebäck backen, jetzt bevor der Sommer zu Ende geht.'*

*Ein anderes Mal hatte ihn seine Frau in den Wald geschickt, um frische Kräuter zu holen, aber während er unter Sträuchern und Bäumen suchte, wurde seine Furcht immer größer, dass er vergessen könnte, welche Kräuter seine Frau für das Fladenbrot-Rezept benötigte.*

*Da sprach ein Tintenpilz zu ihm: ‚Schnell – bevor du es vergisst: Dort liegt noch eine blau-weiße Feder vom Eichelhäher, und auf dem frischen Eichenlaub lässt es sich trefflich schreiben. Nimm von meiner Tinte und schreibe die Namen der Kräuter auf, die du suchst.'*

*Der Bäcker war froh und tat, wie ihm geheißen. Denn seine Frau war sehr ungeduldig mit ihm, weil er sich nichts merken konnte. Aber von der Tinte im Wald ahnte sie nichts.*

*So kam er dank der Hilfe der Tiere und Pflanzen doch meistens mit den richtigen Zutaten zurück zur Bäckerei.*

*Es gab aber doch eine Sache, welche der Bäcker nie vergaß: An jedem Freitag brachte er seiner Frau einen frischen bunten Strauß Blumen mit, wenn er vom Einkauf aus der Stadt zurückkehrte. Und jedes Mal fand er dann in der Küche ein kleines Rosinentörtchen vor, das seine Frau für ihn gebacken hatte.*

*Eines Tages, als er von der Mühle zurück auf dem Weg nach Hause war, eilte ihm ein Bote entgegen und rief: ‚Ein Gesandter des Königs ist auf dem Weg zur Bäckerei. Gleich wird er kommen – wenn du dich beeilst, kannst du noch vor ihm in der Bäckerei sein und deinen besten Gehrock anziehen, um ihn geziemend zu empfangen.'*

*Der Bäcker beeilte sich also und machte sich unverzüglich auf den Weg nach Hause. Als er aber über die alte Brücke laufen wollte, sah er, dass einer der hölzernen Stützbalken fast völlig von den Mäusen zerfressen war.*

*‚Wie soll die schwere Karosse des Gesandten über diese marode Brücke gelangen, ohne dass sie zusammenbricht und der Gesandte samt Kutsche und Pferden ins Wasser fällt?', fragte sich der Bäcker und wurde ganz aufgeregt.*

*Drum suchte er links und rechts von der Brücke nach einem Stein, der die richtige Form hätte, um den Stützbalken zu verstärken. Und gerade, als er einen solchen an die richtige Stelle gerollt hatte, rumpelte die Kutsche des Gesandten mit all seinem Gefolge über die Brücke. Diese ächzte unter der schweren Last, dann zerbarst der Stützbalken mit einem lauten Knall, aber dank des schweren Steines hielt sie stand.*

*Der Bäcker schüttelte sich so gut es ging den Staub von den Kleidern und lief der Kutsche hinterher. Zum Glück brauchte der Gesandte sehr lange, um bei der Ankunft an der Bäckerei den richtigen Hut aus der großen Zahl von Hutschachteln herauszusuchen, sodass der Bäcker just in der Sekunde vor dem Klingeln der Eingangsglocke durch die Hintertür in die Stube schlüpfen konnte.*

*Der Gesandte musterte den abgehetzten, verschwitzten und schmutzigen Bäcker in seiner einfachen Arbeitskleidung und rümpfte die Nase: ‚So also empfängt er den Gesandten seiner Durchlaucht? – Wohlan, der König schickt mich zum besten Bäcker seines großen Reiches. Denn an jedem letzten Wochenende vor der Fastenzeit empfängt seine Majestät die gekrönten Häupter der angrenzenden Königreiche zu einem rauschenden Fest. Und jenes soll am morgigen Abend beginnen. Und zu dem exquisiten Salat aus Fasanen-Keulchen, Trauben, Wachteleiern und Datteln soll sein Kümmelbrot vorzüglich munden. Kann er 100 Brotlaibe bis morgen in der Früh liefern, so soll es nicht zu seinem Schaden sein.'*

*Der Bäcker verstand erst nicht die Worte des Gesandten, aber seine Frau antwortete geschwind: ‚Sehr wohl kann er 100 Brotlaibe von unserem Kümmelbrot bis zum Sonnenaufgang liefern, es soll uns eine große Ehre sein.'*

*Doch der Gesandte beachtete sie nicht, und so wiederholte der Bäcker ein jedes Wort seiner Frau.*

*Da nickte der Gesandte und sprach: ‚Wenn wir das Brot morgen zum Sonnenaufgang wie besprochen abholen, so zahlt ihm der Kämmerer des Königs unverzüglich zehn Silbergulden aus. Liefert er aber nicht rechtzeitig, so wird ihm des Königs Scherge 20 Peitschenhiebe verpassen, auf dass ihm Hören und Sehen vergehe.'*

*Dann reckte der Gesandte seine Nase gen Himmel, warf sich seinen Umhang über die Schulter und machte auf der Stelle ohne einen Abschiedsgruß kehrt.*

*Kaum war er gegangen, sprach die Bäckerin zu ihrem Mann: ‚Zehn Silbergulden, davon können wir das Dach reparieren, uns einen zweiten Ofen anschaffen und die Schwägerin besuchen fahren! Was für ein Glück! So will ich sofort mit dem Rezept beginnen – und du gehst zum Krämer und kaufst das beste Kümmelkraut, denn unsere Vorräte reichen kaum mehr für zehn Brote. Und damit du es nicht vergisst, werde ich es dir diesmal auf deine Hand schreiben, denn diese wirst selbst du nicht verlieren können.'*

*So eilte der Bäcker zum Krämer und ließ all die Dinge, die ihm auf dem Weg reparaturbedürftig erschienen, unerledigt zurück und grüßte alle, die er auf der Straße traf, grad so kurz, wie es seine Höflichkeit erlaubte.*

*Schon bald erreichte er so den Gemischtwarenladen und zeigte dem Krämer die Schrift in seiner Hand.*

*Der Krämer gab ihm reichlich vom besten Kümmelkraut, das gerade am Morgen mit dem Schiff vom Schwarzen Meer angekommen war. Und ob des Umsatzes gut gelaunt, sprach der Krämer zum Bäcker: ‚Werter Freund, mit dem gleichen Schiff kam auch ein seltenes Pulver. Ein Gewürz aus zerriebenem Muschelstein, den man nur an einem einzigen Bach in Mesopotamien, nahe der Stadt Mardin, findet. Wenn man es einatmet oder sein Gesicht damit einpudert, sehen alle anderen in einem denjenigen, der man selber am sehnlichsten zu sein wünscht. Außerdem duftet es betörend süß und macht, dass auch der Bequemste auf der Stelle tanzen will. Allerdings hält die Wirkung höchstens fünf Tage an. Mich deucht, deine Frau hat in drei Tagen Geburtstag, ich gebe dir eine Dose für den halben Preis, so kannst du deiner Frau gewiss eine große Freude bereiten.'*

*Der Bäcker dankte dem Krämer überschwänglich, denn er selbst hätte den Geburtstag seiner Frau wie jedes Jahr vergessen. Also kaufte er eine Dose des exotischen Pulvers, packte seine Einkäufe in seine alte Weidenkiepe und eilte freudig zurück nach Hause. Dort schlich er in die Küche, wo seine Frau bereits den Teig für das Kümmelbrot geknetet und ausgerollt hatte, und begann, das exotische Pulver still und leise in ein kunstvoll verziertes Tongefäß zu füllen. Doch dabei kam ihm eine Prise des feinen Pulvers in die Nase, weswegen er so kräftig niesen musste, dass sich das Pulver über den ganzen Brotteig verteilte.*

*Der Bäcker sah entsetzt, was er angerichtet hatte. Aber er wagte nicht, es seiner Frau zu erzählen, und er hatte zu viel Angst vor den Schergen des Königs und ihren Peitschenhieben. ‚Was kann schon Schlimmeres passieren? Die Gäste des Königs werden von Wein und Tabakrauch benebelt den feinen Geschmack wohl kaum bemerken, so stark wie der Kümmel im Brote sich bemerkbar macht.' Und er stellte den Leinensack mit Kümmel auf den Tisch, schlich sich aus der Küche und sagte niemandem niemals ein Wort.*

*Am nächsten Tag holten die Schlossdiener die 100 Laibe Kümmelbrot, und der Kämmerer des Königs entrichtete dem Bäcker die zehn Silbergulden. Das Bäckerlein und seine Frau besuchten also die Schwägerin und ließen das Dach reparieren; dann kauften sie einen zweiten Ofen und lebten in ihrem bescheidenen Wohlstand glücklich bis ans Ende ihrer Tage.*

*Wie es nun auf der Feier zuging mit dem Brot und dem darin enthaltenen Pulver, das uns in dem anderen denjenigen sehen lässt, der er sein will, und das auch den Bequemsten zum Tänzer macht? Ich kann es dir nicht sagen, denn natürlich waren weder ich noch meine Freunde und Verwandten zu diesem hochherrschaftlichen Fest eingeladen. Ich hörte nur, das Fest währte ganze fünf Tage, und man hätte so viel Nachschub an Speis und Trank herantragen müssen, dass zur Bezahlung all das Gold benötigt wurde, welches die Steuerbeamten den Bürgern zur Sanierung der alten Brücke abgepresst hatten. Auf dem Marktplatz hörte ich zwar, dass sich so man-*

*cher vom Hofe des Königs bei dem Fest bis auf die Knochen blamiert habe. Aber die Herolde des Königs verkünden anderes, und ihnen will ich wohl Glauben schenken um meiner Gesundheit und meines Friedens willen.*

*Wie dem auch sei, bis heute feiern die Menschen in vielen Ländern um diese Zeit des Jahres Feste und verkleiden sich als etwas, was sie sich im wirklichen Leben niemals zu sein trauen würden. Und fast ein jeder tanzt in diesen Tagen, ob jung oder alt, dick oder dünn, ob die Musik gefällt oder nicht, fast als hätte man vom Kümmelbrot des zerstreuten Bäckerleins gegessen."*

Nachdem die Sängerin die Geschichte zu Ende erzählt hatte und das Buch sinken ließ, fragte der kleine Junge: „Und wie heißt dieses exotische Pulver?"

„Das wollte mir das Bäckerlein nicht verraten", sagte die Sängerin, „aber vielleicht hatte er es auch einfach mal wieder vergessen. Doch ich erinnere mich noch gut an den Duft und den Geschmack des Kümmelbrots aus der Heimat in den Tagen vor der Fastenzeit. – Und nun schlaf."

Nach diesen Worten stand die Sängerin schnell auf, damit das Kind ihre Tränen nicht bemerkte.

So wenig Mutter Yanni ihrem Kind auch von den Gräueln des Krieges erzählen wollte, der sie aus ihrer Heimat vertrieben hatte, der kleine Sartin erahnte es doch aus den Gesprächen, welche er auf ihren Reisen mitbekam.

Bereits als er noch sehr jung war, schärfte Mutter Yanni ihm ein, den Namen der Heimat nicht zu erwähnen, solange es sich vermeiden ließ. „Der Kampf um Galephia hat in ganz Europa Gräben zwischen den Menschen und Völkern aufbrechen lassen, er erzeugt Zwist zwischen Freunden und inmitten von Familien. Man wird von dir Auskunft verlangen darüber, auf welcher Seite du stehst. Aber die Seite des Friedens hat keinen Namen mehr, seit der Krieg eingekehrt ist in Galephia."

Tatsächlich fielen Sartin mit jedem Jahr mehr die finsteren Blicke auf, die ihn fast überall trafen, sobald er seinen Geburtsort nannte oder nach dem Schicksal von Galephia zu fragen wagte.

Eines Abends fragte er darum seine Mutter nach der Gutenachtgeschichte: „Aber warum machen die Menschen Kriege, wenn sie nur Leid und Schmerz bringen?"

Yanni deckte ihren Sohn zu und sagte nur: „Wer kann das je verstehen? Vielleicht wissen die Herrscher, die in ihren Schlössern sitzen, nicht um das Leid der einfachen Menschen auf dem Land."

Aber als ihr Sohn eingeschlafen war, sprach sie leise und traurig weiter: „Jetzt bist du so weise, mein Kind. Aber noch keiner Mutter ist es gelungen, diese schlichte Wahrheit so tief in das Herz ihrer Kinder einzupflanzen, als dass es für ein Leben reichte. Wenn ihr jung und stark und voller Ideale seid, euch nach einer neuen Welt voll Freiheit, Schönheit, Wahrheit, Glauben und Gerechtigkeit sehnt, werden sie eure Ideale auf die Schilde und

Schwerter schreiben und auf die Banner, welche über dem Schlachtfeld wehen. Und ihr werdet beben vor Stolz, wenn ihr mit den Waffen gegen eure Mitmenschen marschiert. Doch es wird die alte Welt sein, mit ihren Fesseln und Lügen, dem Glauben allein an Ruhm und Mammon, welcher zuerst von den Schlachtfeldern aufsteht und die Welt wohl noch ein bisschen schlimmer macht. Wenn ihr darüber älter seid und verbittert, nach Rache dürstet für erlittene Schmach, dann werden sie euch wieder einen Feind zeigen, den sie euch auserwählt haben, sie werden ihn schwach und weibisch nennen und ein geeignet' Ziel für euren Hass, eine leichte Beute für die Gier. Und wieder werdet ihr kämpfen, noch gnadenloser als zuvor. Und der Krieg wird sich am Rachedurst und Hass noch ein ums andere Mal aus sich selber zeugen."

# Die alte Heimat

Yanni und Sartin stammten aus einem Hafenstädtchen im Lande Galephia, das etwas abseits von den großen Reichsstädten an der Küste lag. Von dort konnten Mutter Yanni und ihr Mann Yannu geschwind an jeden Ort reisen und doch fernab des Rummels leben. Im Winter, wenn Vater Yannu von den großen Baustellen zurückkehrte und die kleine Familie vereint war, erzählte er ihnen von der weiten Welt und den prächtigen Städten, verschwieg aber die wachsenden, stinkenden Armenviertel. Und er brachte Lieder und Märchen von fernen Ländern und fremden Völkern mit.

Die Galephianer waren ein fröhlicher Menschenschlag. Sobald die Sonnenstrahlen zum Ende des Winters Wärme zu spenden vermochten, trafen sie sich draußen in den Cafés rund um den Marktplatz, schwärmten von alten Zeiten und prosteten sich zu ob der Zeiten, welche noch kommen mochten.

Direkt hinter dem Hafenstädtchen, mit Blick zum Meer hin, lagen zwei kleine Weinhänge, die sich im September in den leuchtendsten Herbstfarben präsentierten. Die Galephianer waren stolz auf ihren selbstgekelterten Wein, den sie zu den Frühlings- und Erntefesten wie eine Kostbarkeit ausschenkten. Aber insgeheim waren sie froh, wenn der eigene Wein zur Neige ging und sie wieder die edlen Tropfen aus den Südländern kredenzen konnten.

Die Honoratioren des Ortes hatten Yanni mehrfach zur Weinkönigin wählen wollen ob ihrer schönen Stimme, ihrem quirligen hellbraunen Haar und ihrem schelmischen Lächeln. Sartin machte das sehr stolz, obwohl er nicht recht wusste, was eine Weinkönigin ist. Aber Yanni mied lieber den Rummel in den Tagen der Weinfeste, vor allem wenn Yannu für Monate in fernen Städten weilte.

Sartin war knapp sieben Jahre alt gewesen, als er und seine Mutter die Heimat verlassen mussten. Nur das erste Jahr hatte er die Dorfschule besucht. Gerne war er zur Schule gegangen – bis auf das frühe Aufstehen und den langen Fußweg des Morgens und des Nachmittags.

Die alte Dorfschule bestand gerade mal aus zwei Räumen. Der eine Raum war der Klassenraum, mit niedrigen eichenen Sitzbänken und einer Weltkarte hinter dem Lehrerpult, auf der Jerusalem in der Mitte lag, umgeben von Afrika, Asien und Europa. Vergeblich hatte Sartin auf dieser Karte ein ums andere Mal nach Galephia gesucht. Im zweiten Raum lebte der Dorflehrer, hier schlief und arbeitete er und verarbeitete das Obst und Gemüse, welches in seinem kleinen Gärtchen hinter der Schule wuchs.

Unterricht fand in Galephia nur dreimal im Jahr für jeweils zwei Monate statt. Wann immer es ging, unterrichtete man die Kinder im Freien: auf dem Feld, im Wald, auf der Lichtung, wo man ungestört singen und tanzen und den Vögeln lauschen konnte, oder auch mal in einer Handwerkerstube in der Altstadt oder dem Theatersaal am Rathausplatz.

Den Winter über studierten die Kinder Musik und Kunst, übten sich im Nähen und bauten oder reparierten kleine Geräte. Sie wurden in Medizin, Religion und Literatur unterwiesen und nachmittags fanden sie dann Zeit für Gymnastik und Tanz. Im Fach Musik ließ der Lehrer die Kinder eigene Melodien erfinden, so einfach sie auch sein mochten, und zusammen übten sie dann, wie man diese schön ausschmücken und begleiten konnte.

Im Frühjahr waren die Kinder beim Vorbereiten der Gärten und Felder dabei und durften den Blumensamen so in den Boden einsetzen, dass sie im Sommer ihre Namen im Beet lesen konnten. Natürlich war auch im Frühjahr Zeit für Sport und Tanz und Singen. Hinzu kam die Lehre von der Natur, die Kräuterheilkunde und die der Selbstheilung, welche mit vertieften Einblicken in die Religion verschmolz.

Im Herbst übten sich die Kinder im Ernten, Haltbarmachen und Zubereiten des Essens, sie erkundeten verschiedene Handwerksberufe und probten die Tänze und Gesänge der Saison zum Erntedankfest. Für die älteren Kinder und Jugendlichen war im Herbst auch die Zeit der Bibelkunde sowie der Diskussionen über Recht, Haushaltslehre und Ökonomie.

In den Unterrichtszeiten half auch Yanni gerne als Lehrerin für Musik, Kunst und Handwerk aus. Selbst in den Jahren, als sie als Sängerin in vielen Ländern erfolgreich auftrat, gab ihr die Zeit in der Schule Ruhe und Gewissheit, hier wurde so manche Idee für ein neues Lied oder Märchen geboren.

Wenn sie die Kinder im Malen unterwies, dann ließ sie die Schülerinnen und Schüler aus dem Fenster schauen: „Betrachtet die Bäume, die Schafe und Vögel und die Hügel mit den Rebstöcken – dann malt, was ihr seht."

Sie ließ den Kindern viel Zeit, ohne ihnen weitere Anweisungen zu geben, dann besah sie sich die Werke und lobte, was gelungen war. Denn dem einen Kind waren die Blumen besonders gut geraten, dem anderen das Lauern der Katze vor dem Mauseloch, wieder anderen die Farben der Rebstöcke.

Dann aber sprach sie: „Woran liegt es, dass ihr zwar all dies jenseits des Fensters mit euren Augen sehen könnt, es aber so schwer fällt, es zu zeichnen? Manche von euch wollen ein jedes Blatt am Baum malen, ein jedes Haar des Kaninchens. Darum werden ihre Bilder niemals fertig. Die anderen wiederum malen hier den Hügel, dort die Sonne, doch sie vergessen das Verbindende zwischen den Gegenständen und erkennen nicht, was dahinter steckt. Darum wirken ihre Bilder leer und unvollständig."

Sie nahm einen dicken Stift und zeichnete einen Falken mit nur wenigen Strichen. Die Kinder staunten, denn obwohl ihre Zeichnung das Tier nur in groben Zügen darstellte, glaubten sie den stolzen Vogel just in diesem Moment in die Lüfte steigen zu sehen.

„Der Betrachter ergänzt euer Bild. Nicht jeden Grashalm braucht ihr dafür ausführen. Doch müsst ihr spüren, was euer Bild besonders machen soll. Das gleiche ist's mit der Musik oder der Poesie.

Ihr spielt die Melodie auf der Gitarre, setzt einige wenige Töne hinzu, dann glaubt das Publikum ein Orchester zu vernehmen. Ihr erzählt vom alten König, vom verirrten Kind im Drachenland, vom einfachen Knecht auf der Durchreise, schon sehnen die Zuhörer das Abenteuer des erwachenden Helden herbei."

Sie ließ die Kinder die Melodie eines Volkslieds singen, das ein jeder kannte. Dann spielte sie die Melodie auf der Gitarre an: „Nun singet nach und nach ein jeder von euch einen Ton zu dieser Melodie und haltet ihn so lange, wie euer Ton euch passend erscheint."

Sartin hatte den Unterricht bei seiner Mutter geliebt, nur war es ihm schwergefallen, sie mit „Frau Lehrerin" anzureden. Außerdem durfte sie ihm nicht bei den Hausaufgaben helfen, welche sie den Kindern aufgab.

Nun aber war seit seinem Schuljahr in Galephia schon über ein Jahr vergangen. Mutter Yanni war die meiste Zeit seine einzige Lehrerin gewesen. Zwar ließ sich in den Orten, in welchen sie länger als eine Woche blieben, manchmal ein Platz in der Schule finden. Dort aber fiel es Sartin meist schwer, mit den anderen Kindern mitzuhalten, denn an jeder Schule lernten die Kinder anders und waren mit dem Unterricht oft weit voraus. Nur in Musik konnte er an jeder Schule zeigen, was er von seiner Mutter gelernt hatte. So konnte er sich bald keinen anderen Beruf für sein Leben vorstellen als Musiker, so sehr ihn seine Mutter auch mahnte, noch ein weiteres Handwerk zu beherrschen.

# PALBEZZO UND DIE FARBE DES WASSERS

Eines Tages sangen Yanni und ihr Sohn auf einem Marktplatz in Ostfalen, wo viele Gaukler und Jongleure die Leute, die in einem großen Rund um den Platz standen, mit ihren Tricks unterhielten.

Da trat ein bunt gekleideter, hochgewachsener Clown namens Palbezzo in die Mitte. Er begann mit ein paar artistischen Tanzeinlagen und Jonglier-Kunststücken, um die Aufmerksamkeit des Publikums zu gewinnen, dann erzählte er mit gespieltem italienischen Akzent die Rätselgeschichte von der Farbe des Wassers:

„Dies ist die garantiert wahre Geschichte von der Prinzessin, welche mir der Kutschenhändler unter vier Augen berichtete, der sie wiederum von seinem Barbier vernahm, der schwört, sie von einem Schwager dritten Grades genau so erfahren zu haben:

*An einem sonnigen Frühlingstag ging die schöne junge Prinzessin Borghisza im Wald unterhalb der königlichen Burg spazieren, da hörte sie ein leises Tuscheln vom kleinen Bach, just an der Stelle, an welcher dieser ins Meer fließt.*

*Neugierig wie sie war, schlich sie sich heran und erkannte, dass die Tiere, welche rund um die Burg lebten, über die Farbe des Wassers in Streit geraten waren.*

*„Also: Was ist nun die Farbe des Wassers?“, fragte die Eule die Tiere des Wassers, denn diese mussten es ja am besten wissen.*

*„Grün!“, quakte der Frosch ohne zu zögern, denn das war es, was er jeden Tag sah, wann immer er in seinem Tümpel nach unten schaute.*

*„Blau!“, schnappte der Wal aus dem Meer verärgert und holte tief Luft. „Es ist blau, ich sehe es doch bei jedem Tauchgang über mir.“*

*„Braun! Braun!“ Der Schlammspringer hüpfte nervös von einem Bein aufs andere: „Also ich würde ja meinen, es ist braun, zumindest schmeckt mir das Wasser so am besten.“ Aber niemand hörte ihm zu.*

*Daraufhin hörte die Prinzessin ein leises Stimmchen aus dem Wasser: „Es ist durchsichtig und farblos“, hauchte die Qualle. „So muss es doch sein. Wie könnte ich sonst darin schweben und meine Tänze vollführen?“*

*„Farblos?“, rief der Frosch ungläubig. „So ein Quatsch, was quasselst du denn da? Du bist dissquallifiziert!“ Dabei wusste der Frosch gar nicht so genau, was das bedeutete.*

*Die Qualle schaute gequält und ließ sich ins Meer sinken, bis man sie nicht mehr zu erkennen vermochte. Und auch der Wal murmelte in seinen Bart: „Ich mag es nicht, wenn Quallen gedisst werden.“ Doch laut sagte er nichts, sondern holte tief Luft und tauchte unter.*

*Als sich die Prinzessin daraufhin zurückziehen wollte, tapste sie mit ihrem silbernen Schuh in eine kleine Pfütze und die Tiere horchten auf und erschraken sich sehr. Sobald sie aber die Prinzessin erkannten, versammelten sie sich um sie; selbst die Qualle und der Wal tauchten wieder auf, um sie zu sehen. Da sprach der Frosch mit der feierlichsten Stimme, die er hervorbringen konnte: „Oh schöne Prinzessin, Eure Kleider sind so farbenfroh und geschmackvoll aufeinander abgestimmt. Und das Weiß Eures Umhangs aus feinster Raupenseide leuchtet wie die Summe aller Farben des Lichts. Gewiss könnt Ihr uns bei unserem Zwist helfen."*

*„Ja", riefen auch die anderen Tiere: „Ihrem Schiedsspruch wollen wir uns beugen."*

*Und so beantwortete die Prinzessin den Tieren die Frage nach der Farbe des Wassers, sodass wieder Frieden ward im Tierreich für lange Zeit."*

„Und welche Farbe war nun die richtige?", rief Sartin ungeduldig in die Menge hinein.

Palbezzo bewegte sich am Rund der Zuhörenden entlang zu Sartin und seiner Mutter.

„Junger Freund, deine Mutter erscheint mir gar so schön wie die Prinzessin, wenn auch nicht so farbenfroh gekleidet. Bestimmt kann sie dir und uns die Frage nach der Farbe des Wassers beantworten. Benennt sie die richtige Farbe, so soll ihr diese exotische Blume hier gehören, deren Blütenblätter ein jedes eine andere Farbe hat. Errät sie die Farbe aber nicht, so muss sie dem Palbezzo einen Kuss geben."

Yanni lachte und rief: „Zeig mir erst meinen Preis, falls ich die Farbe richtig erraten sollte!" Und sie besah sich die Blume von nahem, die aus nichts bestand als aus zusammengeklebten Blütenblättern verschiedener einfacher Feldblumen.

Dennoch willigte Yanni ein und grübelte sichtbar vor all den Leuten, bis sie schließlich sprach: „In meiner Heimat war das Wasser des Meeres von reinstem Türkis, besonders in der Abendsonne. Also wird Türkis die Antwort der schönen Prinzessin an die Tiere gewesen sein."

„FALSCH!", triumphierte da der Palbezzo. „Sie hat die Frage falsch beantwortet, also schuldet sie mir einen Kuss."

„Aber sag uns erst die richtige Antwort!", protestierte Sartin, der enttäuscht war, dass seine Mutter sich geirrt haben sollte.

„Bin ich ein Narr, euch die richtige Antwort zu nennen? Wer wird den Palbezzo dann noch küssen?"

Da stand Yanni auf und gab dem Palbezzo einen dicken Schmatz auf seine Wange. Der Palbezzo errötete, verneigte sich vor Mutter Yanni und überreichte ihr mit ausschweifender Geste seine Blume.

Am nächsten Morgen saßen Yanni und Sartin in der Postkutsche, welche sie zum nächsten größeren Ort bringen sollte. Da fragte Sartin seine Mutter: „Und weißt du nun die richtige Antwort der Prinzessin?"

„Es ist wie mit so vielen Fragen, zu denen ein jeder seine eigene Antwort hat. Und keine ist besser oder schlechter als die andere. Egal also, welche

Farbe eine Frau dem Palbezzo nennt, er wird immer ‚falsch' rufen und seinen Kuss einfordern. Das ist sein Spiel."

„Dann ist der Palbezzo ein Schwindler?"

„Er ist ein Narr und ein Philosoph. Er hat die Leute mit seinen Geschichten und Streichen zum Lachen und zum Weinen gebracht, doch je mehr du darüber nachdenkst, desto mehr wirst du an Weisheit in seinen Worten entdecken, ein Leben lang. Sein Streich mit der Farbe des Wassers lehrt uns zum Beispiel, uns nur auf Wetten und Spiele einzulassen, wenn wir auch zu verlieren bereit sind. Denn egal, für wie gewitzt wir uns halten, es kann immer jemand kommen, der gerissener ist. Und der Palbezzo ist sehr gerissen, aber er unterhält mit seinem Können die Leute für ein paar Kreuzer, anstatt als Trickbetrüger den Dummen in den Städten und Dörfern das große Geld aus der Tasche zu ziehen."

„Wie recht Sie doch haben", sprach der stattliche ältere Herr, der ihnen in der Kutsche gegenübersaß. Er hatte eine gepflegte Erscheinung und grau meliertes Haar, stellte sich ihnen als Alfredo Apsani vor und erzählte ihnen die Geschichte von dem Betrüger Reginald Schakastra.

# Das Buch mit den leeren Seiten

*„Es war einmal ein Betrüger namens Reginald Schakastra, der durch die Lande zog und den Menschen mit immer neuen Versprechungen das Geld aus der Tasche zog, denn er sah sehr vertrauenswürdig aus und wählte seine Worte wohl.*

*So ging er eine Zeit lang in den Bauernschänken von Sangiroth ein und aus und pries dort seine Wettermaschine an, mit der man das Wetter der kommenden Jahreszeit präzise vorhersagen könne. Er besuchte wohl um die 32 Schänken und Kaschemmen in 32 Orten und hielt dort gebildete Vorträge über seine Maschine, die aus vielen Röhren und Messingbehältern und einer großen Kurbel bestand und einer Anzeige namens Kanometer, auf der man Zahlen von 20 bis 80 ablesen konnte. Mit vielen Fremdwörtern kündigte er dann den Bauern in der einen Region an, dass es laut des Kanometers im nächsten Sommer viel regnen würde, in den anderen, dass ein heißer und sonniger Sommer anstünde, wieder anderen, dass ein starker Sturm aufkäme. Und wenn der Sommer dann vorüber war, kehrte er nur in die Orte zurück, in denen das Wetter so ausgefallen war, wie er es dort vorhergesagt hatte. Die Leute bestaunten ihn und einige Mutige kauften seine Maschine für teures Geld, denn was gibt es für einen Bauern Wichtigeres, als das Wetter zu kennen und zum richtigen Zeitpunkt zu säen und zu ernten? Und erneut stellte er daraufhin das Gerät den Bauern vor, die es noch nicht kannten, und prophezeite das Wetter für den Herbst, in dem einen Ort einen sonnigen Oktober, im anderen Ort einen frühen Frost.*

*Als dann der Herbst vorüber war, ging er wiederum nur in die Orte, in denen er – nun zum zweiten Mal – das Wetter richtig vorhergesagt hatte. Diesmal hatte er eine noch größere Wettermaschine dabei als im Sommer und pries diese als das neueste, verbesserte Modell an. Wieder führte er sie den Landwirten vor und schaltete sie ein, woraufhin die Maschine dampfte und zischte, bis schließlich die Anzeige sich bewegte und nach ein paar Minuten zitternd auf eine Zahl einpendelte.*

*‚Exakt 66,24 Gramm Luftwiderstand – pro Sekunde!', rief Reginald Schakastra, zeigte auf das Kanometer und hob den anderen Zeigefinger triumphierend in die Luft. ‚Es kommt ein milder und kurzer Winter!'*

*Und die Bauern prosteten einander und dem Reginald Schakastra zu.*

*Und da seine Maschine nun schon zwei Mal den Bauern in diesem Ort das Wetter richtig vorherbestimmt hatte, kauften fast alle Landwirte, Weinbauern und Gemüsehändler das neue Gerät, obwohl dieses sogar doppelt so teuer war wie das alte.*

*Reginald Schakastra unterwies die Käufer darin, von der Anzeige auf das zukünftige Wetter zu schlie-*

*ßen, ließ sich noch einmal auf Kosten der Bauern Speis und Trank bringen, zog am nächsten Morgen fort und ward nie mehr gesehen in Sangiroth.*

*Schon wenige Tage später machten sich die Bauern daran, das Wetter im nächsten Frühjahr vorherzusagen. Also schalteten sie das Gerät an und warteten, bis das Dampfen und Zischen geendet hatte und die Anzeige einigermaßen zum Stillstand gekommen war.*

*‚Exakt ... also rund 71 Gramm die Sekunde – sogar mehr als letzte Woche', murmelte der Bürgermeister, der sich auch eine Wettermaschine gekauft hatte und diese nun stolz auf dem Gemüsemarkt präsentierte – und er wiederholte es nochmals laut für die applaudierenden Passanten. Ein baldiger Frühling schien den Bauern von Sangiroth sicher, daher ließen sie das Gemüse lange auf dem Feld und brachten den ersten Samen früh aus. Doch der Frühling ließ auf sich warten, und ein Großteil der Saat ging bei einem plötzlichen bitteren Frost und nachfolgenden Hagelschauern zugrunde.*

*Die meisten Bauern wurden daraufhin sehr wütend und warfen das teure Gerät auf den Schrott, sie verklagten Reginald Schakastra und suchten ihn überall im Land. Einige wenige aber blieben steif und fest dabei, es könne nicht am Gerät gelegen haben, denn dies sei, wie wissenschaftlich belegt, unfehlbar, nur dass das Wetter eben verrückt gespielt habe, vielleicht wegen eines Kometen oder eines zornigen Gottes. Und wann immer ihr Gerät zufällig das Wet-*

*ter richtig vorausbestimmte, trauten sie sich wieder aus ihren Häusern und krakeelten herum, genau so hätten sie es doch vorhergesagt. Aber keiner hörte auf sie.*

*Reginald Schakastra suchte indessen in der prächtigen Stadt Harkilon einen Goldhändler auf, der im edelsten Viertel auf der Straße hoch zum Schlossberg wohnte, hinter einer Fassade, umfasst von zwei großen Säulen, einem schweren Messingtor mit Löwenkopf zum Klopfen und einem prächtigen güldenen Türschild. Das Haus hinter der Fassade jedoch war klein und einfach, denn der Goldhändler war ein sparsamer Mann. Den Reginald Schakastra musterte er von oben bis unten und erkundigte sich ausgiebig nach seiner Herkunft und seinen bisherigen Geschäftspartnern. Erst dann fragte er: ‚Also sprich: Was ist dein Begehr?'*

*Reginald Schakastra antwortete: ‚Hier habe ich einen Klumpen Gold, so groß wie ein Taubenei. Es ist all mein Erspartes, so konnte ich es an jeden Ort mitnehmen und leicht vor Dieben verstecken. Aber nun will ich mich zur Ruhe setzen und von meinem Ersparten leben. Jedoch, ein Klumpen Gold lässt sich nicht essen, man kann ihn nicht anziehen und wärmen tut er auch grad mal die Hände mit deren eigener Wärme.'*

*Der Goldhändler wog den Goldklumpen, warf ihn hoch in die Luft und zählte die Sekunden, bis er wieder in seine Hand fiel. Er ließ seinen alten Hund an dem Brocken schnuppern und schließlich ließ er den Klumpen in einen Wassertopf gleiten und beobachtete, wie viele Zentimeter das Wasser im Topf höher stieg.*

*Dann sprach er: ‚Es ist offenkundig, du hast mir echtes Gold mitgebracht. Jedoch die Zeiten sind schlecht, ich kann dir für dein Gold nur 900 Taler geben. Aber wenn du bescheiden bleibst und nicht prasst, sollte es für einen ruhigen Lebensabend Genüge sein.'*

*Reginald Schakastra griff sich ans Herz und erwiderte: ‚Gewiss seid Ihr ein guter Mensch und ehrbarer Handelsmann, doch ich hatte auf 1.100 Taler gehofft, da ich auch meine schwerkranke Schwester pflegen und versorgen muss.'*

*So handelten und feilschten sie noch ein bisschen und einigten sich schließlich auf 1.000 Taler, und als Reginald Schakastra von dannen zog, fühlte sich ein jeder von ihnen als Gewinner bei diesem Geschäft.*

*Als der Händler den Goldklumpen jedoch am nächsten Tag zum Goldschmied brachte und dort einschmelzen ließ, kam unter einer dünnen Goldschicht eine Schicht Aluminium und eine Schicht Blei hervor, so kunstvoll ausgewogen, dass kein Kundiger der Welt den Betrug von außen hätte erkennen können.*

*Da wurde der Goldhändler sehr zornig und rief: ‚Keinem kann man mehr trauen auf dieser verruchten Welt! Also will ich meinen Laden schließen und im Walde von dem leben, was dort kreucht und fleucht.'*

*Doch er war nicht gut im Jagen und Sammeln, und ihm fehlte die große Stadt, drum zog er schon nach wenigen Wochen wieder zurück nach Harkilon. Jedoch blieb er bis an sein Lebensende ein verbitterter alter Mann.*

*Reginald Schakastra aber zog erneut in ein anderes Land, wo er in einer vornehmen Hansestadt eine Gedichte-Verlegerin namens Mairi Glockenbardt aufsuchte. Mairi lebte in einem einfachen Haus mit Mann und Kindern, in dem immer Leben war und der Duft von leckerem Essen und frischen Blumen in der Luft lag.*

*Reginald Schakastra zeigte ihr ein Buch, das kunstvoll verziert und durch edle Riemen verschlossen war und sprach: ‚Dieses Buch habe ich geschrieben, es ist voll mit Gedichten, wie sie die Welt noch nie gehört hat. Traurige und fröhliche Gedichte, die von Reisen und Liebeleien, Abenteuern und Weisheiten der Völker künden.'*

*Die Verlegerin war neugierig, so trug Reginald Schakastra ihr die ersten drei Seiten auswendig und mit viel Gefühl vor. Tatsächlich hörte Mairi Glockenbardt von ihm Gedichte von zarter Schönheit ebenso wie von gewaltiger Wortpracht. Die Verlegerin gestand Reginald Schakastra großes Talent zu und bot ihm an, sein Buch zu verlegen bei einer Erfolgsbeteiligung von zwei Kreuzern pro verkauftem Buch, zudem solle er einen Vorschuss erhalten von 15 Talern.*

*Das ließ sich Reginald Schakastra nicht zweimal sagen, sackte den Vorschuss ein, gab der Verlegerin das kunstvoll eingepackte Buch und kündigte sein Kommen für den Beginn des nächsten Jahres an, um dann die Verkäufe abzurechnen.*

*Das Buch aber enthielt zur Überraschung der Verlegerin nur leere Seiten; derweil hatte sich Reginald Schakastra mit der Vorauszahlung schon längst einen schlanken Fuß gemacht und suchte mit einem neuen Buch voll leerer Seiten den nächsten Verleger auf.*

*Das machte Mairi Glockenbardt überaus traurig, denn noch nie hatte sie einen Autor erlebt, der ihr einen so guten Anfang präsentiert hatte, ohne nicht auch vom Schreiben beseelt zu sein. Doch ließ sie sich davon nicht beeindrucken und arbeitete weiter als Verlegerin, sodass sie die verlorenen 15 Taler bald schon verschmerzt hatte.*

*Reginald Schakastra jedoch wurde eines Tages gefasst, als er wieder einmal einem Trickbetrug nachgehen wollte. Und als von dem Fall in der Hanse-Postille berichtet wurde, erkannten viele der Betrogenen Reginald Schakastra wieder und verklagten den Betrüger nun ebenfalls.*

*Daraufhin wurde Reginald Schakastra zu einem Jahr Zuchthaus bei Wasser und Brot verurteilt sowie zur anschließenden Arbeit im Steinbruch bis zu dem Tage, an dem er von dem kärglichen Sträflingslohn all seine Schulden an die Betrogenen zurückgezahlt hätte. Und der Bürgermeister, der seine Wettermaschine gekauft hatte, erwirkte, dass dem Betrüger als Warnung für alle Zeiten eine Krähe auf die Schulter tätowiert wurde, denn für die Landwirte dieser Region galt die Krähe als Saatdieb, auch wenn sie doch grad so viel Saatgut vom Felde fraß, wie sie für sich und ihren Nachwuchs brauchte.*

*Als Reginald Schakastra dieses Urteil hörte, bereute er seine Taten bitterlich; zudem setzte ihm noch mehr als das karge Essen und die graue kleine Gefängniszelle die Langeweile zu, im Zuchthaus tagaus und tagein nur herumzusitzen.*

*Eines Tages, rund ein halbes Jahr, nachdem er ins Zuchthaus gekommen war, besuchte ihn die Verlegerin Mairi Glockenbardt, zeigte ihm sein leeres Buch und fragte: ‚Diese Gedichte, welche du mir bei deinem Besuch vorgetragen hast – sind diese wirklich von dir verfasst?'*

*‚Ja doch, schon als Kind tat ich nichts lieber als mir Geschichten auszudenken und Gedichte zu reimen. Aber das Dichten ist eine brotlose Kunst – so weiß doch ein jeder. Auch meine Mutter und mein Vater wurden nicht müde, mir dies einzubläuen. Also ließ ich es bleiben und lernte lieber, womit ich schneller mehr Geld zu verdienen erhoffte.'*

*Da sprach Mairi Glockenbardt: ‚Vielleicht wirst du mich erneut betrügen, aber ich glaube, dass außer dem Gauner auch ein Poet in dir wohnt. Hier im Zuchthaus sitzt du nun als Betrüger, der schnell reich werden wollte auf Kosten der anderen. Aber wenn du bereit bist, nun für die ganze Welt deine Phantasie zu bemühen und deine Ideen geduldig aufschreibst, dann kannst du das Zuchthaus vielleicht als Dichter verlassen. Gibst du mir dieses Buch am Ende des Jahres mit einer vollständigen und schönen Geschichte zurück, will ich deine Schulden bei den anderen Betrogenen für dich begleichen, und als freier Mann kannst du von dannen ziehen, nur mit der Krähe auf der Schulter als Mahnung.'*

*Reginald Schakastra war erstaunt ob dieses Angebots und überlegte lange, dann fragte er: ‚Wie kann ich aber nun dir vertrauen, dass du für mein Buch wirklich eine so hohe Summe zahlen wirst? Schließlich habe ich dich dereinst betrogen, und die Rache ist ein gar zu süßes Gefühl.'*

*Mairi Glockenbardt aber lächelte nur und gab ihm neben dem Buch noch einige Stifte mit: ‚Am Ende deines Jahres werde ich dich wieder im Zuchthaus besuchen, bis dahin magst du selbst entscheiden, ob du bereit bist, nun mit den Menschen zu arbeiten statt gegen sie.'*

Der alte Alfredo Apsani sah Yanni und Sartin tief an und beendete seine Erzählung mit den Worten: *„Es war sehr schwer für den Betrüger, dem seine Missetaten so viel schnelles Geld gebracht hatten, nunmehr seinerseits zu vertrauen und es mit ehrlicher Arbeit zu versuchen. Aber während seiner Zeit im Zuchthaus blieb ihm nichts anderes übrig, allein schon, um die Langeweile zu ertragen. Und so gab er der Verlegerin am Ende des Jahres ein Buch voll mit Geschichten und Gedichten zurück, manche davon sehr nachdenklich, andere voller Witz und*

*Phantasie. Und sie hielt ihr Versprechen und kaufte ihn frei."*

Die Postkutsche hielt, Apsani stieg aus und sprach: „Gehabt euch wohl."

Da rief Sartin ihm im Weggehen zu: „Aber was ist aus dem Betrüger geworden?"

Apsani bat den Kutscher noch einen Moment zu warten. „Dann erzähle ich euch noch vom dem Dorf, dem die Räuber nichts anhaben konnten:

*Reginald Schakastra wollte nun ein neues Leben beginnen und zog in ein Dorf, in dem die Menschen ihn freundlich empfingen und nicht nach seiner Herkunft fragten. Doch eines Tages kamen Räuber in die Region und sprachen zueinander: ‚Die Bürger dieses Dorfes leben in bescheidenen Hütten, sie haben keine großen Ländereien, auch Bodenschätze gibt es keine in der Region. Dennoch sind sie immer satt und gut gelaunt, auch feiern sie oft bis tief in die Nacht. Es muss ein Schatz in dem Dorf verborgen sein.'*

*Daher beobachteten sie genau, wohin die Bürger des Dorfes gingen und was sie taten; auch brachen sie des Nachts in Türme und Keller ein, doch sie fanden nichts von Wert.*

*Aber einer der Räuber erkannte den früheren Betrüger Reginald Schakastra wieder, mit dem er eine Zeit lang die Gefängniszelle geteilt hatte. So lauerten die Räuber ihm auf und sprachen: ‚Wir wissen, dass in diesem Dorf ein Schatz sein muss. Du lebst nun schon einige Wochen mit den Bürgern ohne Arg, also hilf uns, ihren Schatz zu finden, sonst werden wir dich verraten. Gewiss würden die Bürger dich dann auf der Stelle verjagen.'*

*Aus Angst, verraten zu werden, horchte Reginald Schakastra daraufhin die Dorfbewohner aus und half den Räubern heimlich bei der Suche nach dem Schatz in deren Häusern. Doch in jedem Bürgerhaus fand er nur einen geringen Vorrat, gerade genug, um ein kleines Ungemach zu bewältigen, ohne hungern zu müssen. Da dämmerte ihm, dass ein jeder Bewohner des Dorfes nur ein wenig mehr besaß, als er zum Leben brauchte, dass aber alle Bürger miteinander teilten und somit immer genug für alle da war. Und wenn einem einmal großes Unheil überkam, so halfen alle anderen aus. Das also war der Schatz dieses Dorfes.*

*Da er nun wusste, dass kein Gold und Geld in dem Dorf zu finden war, musste er befürchten, dass die Räuber das Dorf weiter drangsalieren und ihn wohl auch an die Bürger verraten würden. Darum floh er aus dem Ort, von dem er gehofft hatte, hier eine Heimat zu finden. Die Räuber hingegen sagten zueinander: ‚Er wird den Schatz des Dorfes entdeckt haben und ist damit durchgebrannt, um ihn nicht mit uns teilen zu müssen.' Drum brachen sie ihre Zelte ab und zogen aus der Gegend fort. Reginald Schakastra aber ist wohl heute noch auf der Suche nach einer Heimat, in der ihn die Vergangenheit ruhen lässt."*

Alfredo Apsani packte seine Sachen zusammen, gab dem Kutscher das Geld für die Fahrt und wandte sich zum Gehen. Sartin glaubte in diesem kurzen Moment, eine Krähe auf der Schulter des Alfredo Apsani zu erkennen. Schnell schauten Sartin und Yanni daraufhin ihr Hab und Gut durch, kaum dass Apsani außer Sicht war, aber es fehlte nichts und sie fuhren beruhigt und zufrieden weiter in die nächste Stadt.

# Das Blumengärtchen in der Bergwerksstadt

Wenig später wanderten Yanni und Sartin über eine verwüstete und menschenleere Hügellandschaft, auf der vor hunderten von Jahren eine verheerende Schlacht stattgefunden hatte. Noch immer sah man die Ruinen der Festungsmauern, kein Vogel sang von den knorrigen Bäumen.

„Wie sollen hier jemals wieder Leben und Freude einziehen?", rief Sartin entsetzt aus, während sie zwischen den Ruinen nach dem Weg suchten.

„Warte, ich werde es dir zeigen", sagte seine Mutter Yanni und suchte eine Weile die Umgebung ab. Dann rief sie ihren Sohn zu sich und setzte sich auf einen alten Stein neben den Resten einer großen Mauer.

„Siehst du dort die Blume, die sich durch einen Riss im Boden ihren Weg gebahnt hat? Und dort ist noch eine, die schon eine kleine Blüte trägt. Und dort ist eine weitere, die schon ein Schmetterling umkreist."

Und wie sie so schauten, fielen ihnen immer mehr Blumen und Gräser auf, zwischen denen Insekten und sogar eine kleine Maus krabbelten. Und Yanni begann, ihrem Sohn die Geschichte von dem Blumengärtchen in der Bergwerksstadt zu erzählen.

*„Es war einmal eine alte Frau namens Hedwig Srabati; ihre Kinder waren inzwischen erwachsen und in die Welt gezogen, erst kürzlich war ihr Mann gestorben. So sprach sie: ‚Was hält mich noch an dem Ort, an dem ich geboren bin und meine Kinder großgezogen habe? Ich will endlich die Welt sehen.' Also packte sie das wenige, was sie besaß, zusammen, blickte auf der Straße vor ihrem Haus nach rechts und links und ging in die Richtung, in der es ihr grad heller und sonniger erschien.*

*So kam sie nach ein paar Stunden in eine alte Bergwerksstadt, die im Schatten eines großen Abraumhügels lag und in der alles aus grauem Stein zu bestehen schien.*

*Einige Generationen zuvor war hier nur ein kleines Rundlingsdorf gewesen, in dessen Umgebung ein paar Hirten ihre Ziegen hüteten, bis nahe dem Dorf ein seltenes Erz entdeckt wurde. Schon bald kamen Arbeiter von überall her mit ihren Familien. So entstand in wenigen Jahren eine kleine Stadt, die geprägt war von der Notwendigkeit, vielen Menschen in kurzer Zeit eine Bleibe zu bieten – zumal keiner wusste, wie lange das Erz im Boden reichen würde. Doch das Erz reichte für viele Generationen und die Menschen vergaßen schließlich, dass es doch einmal zu Ende gehen könnte.*

*So hässlich die großen Steinhäuser auch sein mochten, welche man nach dem Fund des Erzes in der Schnelle gebaut hatte, die Menschen, welche aus den verschiedensten Regionen hier zusammenfanden, lebten gerne hier. Auf ihren Siedlerfesten feierten sie die ganze Nacht und tanzten ihre Tänze, die sie aus ganz Europa mitgebracht hatten: die Quadriglia und die Bourrée, den Galopp, den Töpfertanz und die Polka, den Hasapiko, die Vira und Chula, die Sevillanas und viele andere mehr.*

*Als der Grund dann eines Tages kaum noch Erz hergab, verloren immer mehr Menschen ihre Arbeit im Bergwerk und in den umliegenden Werkstätten und zogen fort. Diejenigen, die blieben, wussten kaum etwas mit dem Tag anzufangen. So saßen sie auf dem Marktplatz mit seinen alten Olivenbäumen und spielten in deren Schatten Brettspiele um das wenige Geld, das sie noch besaßen. Aber da mal der eine gewann und mal der andere, verteilte sich das Geld einfach nur hin und her, her und hin.*

*Hedwig Srabati hatte einen solchen Ort noch nie gesehen, doch da sie hungrig und müde war, fragte sie die Menschen auf dem Marktplatz, ob sie für die Nacht irgendwo unterkommen könne. Die Menschen sahen sie freundlich, aber erstaunt an, denn schon lange war niemand mehr länger in dieser Stadt geblieben als es brauchte, um auf der anderen Seite wieder aus ihr herauszukommen.*

*‚In dem Haus da drüben hat noch vor einer Woche der alte Breitenbach gewohnt. Nun ist er gestorben, sein Häuschen ist noch nicht ausgeräumt. Dort wirst du alles finden, was du brauchst. Sogar ein kleines Gärtchen hat es mit Gemüse und mit Äpfeln. Und*

*abends kann man in der Gaststätte vom alten Heinz gut satt werden von Eintopf, Wurst und Gemüse.'*

*Hedwig Srabati ging also in das Häuschen des alten Breitenbach. Es war ein hübsches kleines Backsteinhaus, nur mit einer Küche und einem Esszimmer im Erdgeschoss, einer Treppe nach oben zu den Schlafzimmern der Eltern und Kinder, sowie einem kleinen Dachboden für das Allerlei, was sich über die Jahre ansammelt. In der Küche fand Hedwig noch Mehl, Einmachgläser und manches andere vor. Im Gärtchen auf der Rückseite des Häuschens fand sie noch genug Obst und Gemüse, um sich des Abends ein kleines Mahl zu bereiten.*

*Rechts und links vom Haus des alten Breitenbach befanden sich noch zahlreiche andere Häuschen, ein jedes sah fast genauso aus; ebenso hatte auch jedes seinen eigenen kleinen Garten. Die meisten Gärten waren aber nur noch spärlich mit Obst und Gemüse bepflanzt, denn als der Boden immer weniger Erz hergab und es immer weniger Arbeit für die Bergleute gab, waren viele der jungen Erwachsenen fortgezogen. Da suchten sich die Mütter Arbeit in den Handwerksbetrieben der Nachbarorte, damit das Geld für die Familie reichte. So blieb immer weniger Zeit für die Gartenarbeit, zumal es Obst und Gemüse in den Gärten der Nachbarn noch zu Genüge gab.*

*In Hedwig Srabatis früherem Garten hatte es kaum Obst und Gemüse gegeben, dafür aber Blumen in allen Farben, welche im Frühjahr und Sommer Bienen, Schmetterlinge und Vögel anlockten. Vor allem die*

*Sonnenblumen liebte Hedwig, wenn diese sie zum Ende eines Sommers überragten.*

*Also begab sich Hedwig Srabati am nächsten Morgen in den Dorfladen des Nachbarorts und kaufte Blumensamen und -zwiebeln, um sie in dem kleinen Gärtchen an den freien Stellen anzupflanzen. Sie dachte sich nichts dabei, denn eigentlich war sie ja nur für eine Übernachtung geblieben, aber die Arbeit im Gärtchen machte ihr Spaß. Als sie endlich eine Pause einlegte von der Gartenarbeit, war es schon wieder Abend geworden. So machte sie sich auf in die Schänke, um zu sehen, was es dort zu essen gäbe.*

*In der Gaststätte angekommen, bestellte Hedwig Srabati einen Eintopf mit Sauerkraut und Möhren und schaute sich das Geschehen an. Nachdem sie zu Ende gegessen hatte, ging sie hinüber zu den Musikern, die wie an jedem Abend in der Schänke aufspielten, und bestellte sich ein Lied, welches sie schon seit ihrer Jugend kannte und liebte. Dann fragte sie in den Raum: ‚Auf dieses Lied tanzte ich mein ganzes Leben wohl auf jedem Dorffest. Wer von euch tanzt mit mir nun die Mazurka?' Da erhob sich der alte Schuster Arbakil. Er hatte nicht mehr getanzt, seit seine Frau vor einem Jahr gestorben war. Und sie drehten sich froh und wild durch die Schänke und erbaten von den Musikern einen Tanz nach dem anderen. Die anderen Gäste taten es ihnen gleich, bis es über alle Tische ging. Nach und nach erinnerten sich die Gäste an die Tänze ihrer Vergangenheit und der*

*Heimat ihrer Vorfahren, und brachten sie einander bei bis tief in die Nacht.*

*Der alte Schuster Arbakil war schon lange nicht mehr so spät nach Hause gekommen, seine beiden Kinder waren schon voller Sorge um ihn. Als er sich ächzend auf die alte Bank in der Küche setzte und seinen Sohn um ein Glas Wasser bat, fragte ihn dieser: ‚Vater, was ist mit dir? Deine Wangen sind rot, und nass ist deine Kleidung vor Schweiß. Gewiss hast du Fieber und musst zum Arzt.'*

*Arbakil aber antwortete: ‚Mein Sohn, alles ist gut und wunderbar. In der Schänke getanzt habe ich wie lange nicht mehr, und verliebt habe ich mich über beide Ohren.'*

*‚Was redest du da nur?', fragte seine Tochter und tauschte Blicke mit ihrem Bruder. ‚In der Schänke wurde schon seit Jahren nicht mehr getanzt.'*

*‚Aber heute wurde geschwoft bis zum Morgengrauen. Und wenn du mit deinem Verlobten dort hingehst und ihr euch zur Musik dreht, wird auch morgen wieder getanzt.'*

*So fanden Hedwig und Arbakil einander in dem Bergwerksstädtchen. Drum blieb Hedwig und sah, wie die bunten Blumen in ihrem Garten wuchsen. Ihre Nachbarn staunten ob ihres Geschicks, die Farben zu kombinieren und die Blumen so einzupflanzen, dass von Frühjahr bis zum späten Herbst jederzeit eine Blütenpracht ihren Garten zierte. Sie teilte gern ihr Wissen, und alsbald begann es auch links und rechts von ihrem Garten zu blühen, bis schließ-*

*lich im ganzen Städtchen die Gärten in allen Farben leuchteten. Sodann begannen die Einwohner, auch ihre Häuser neu zu streichen in hellen Farben, bis schließlich das Grau gewichen war auch von der letzten Wand.*

*Als nächstes begannen die Bürger, sich all der Dinge zu erinnern, die sie immer schon tun wollten. Sie lernten voneinander das Kochen, das Musizieren, das Bogenschießen und vieles mehr. Sie reisten zu Tanzfesten in der ganzen Region. Zwar besaß keiner allein das Geld, die Fahrten dorthin zu bezahlen, aber jeder von ihnen gab etwas für die Kutscher, und in den Orten, wo die Feste stattfanden, kamen sie bald bei Gleichgesinnten unter.*

*Eines Tages dann veranstalteten sie ihr eigenes Tanzfest in der Bergwerksstadt und luden ihre alten und neuen Freunde von überall her ein.*

*So zog wieder Freude ein in das Städtchen. Da es jedoch keine neue Arbeit gab, verließ über die Jahre einer nach dem anderen den Ort, zumal sie über das Tanzen viele schöne Gegenden kennenlernten und dort Freunde fanden. Nicht wenige ließen sich in den großen Städten nieder, wo bereits ihre erwachsenen Kinder lebten. Aber sie trafen sich weiterhin auf den vielen Tanzfesten überall in der Region. Einmal jährlich zum Pfingstwochenende richteten sie auch den Marktplatz in der Bergwerksstadt für das Tanzfest her. Dann schmückten sie gemeinsam mit Hedwig Srabati und Arbakil alle Häuser rund um den Marktplatz, verscheuchten die Tauben aus ihren alten Schlafzimmern und drehten sich bis zum Morgengrauen.*

*Schließlich wohnten als letztes nur noch Hedwig Srabati und Arbakil in der Bergwerksstadt, denn hier war ihr Garten, der beständig wuchs und sie ernährte. Und miteinander fehlte ihnen nichts. Noch so manches Jahr befreiten sie kurz vor Pfingsten die Zimmer im alten Hotel von den Spinnweben, damit dort ihre Freunde für das Tanzfest unterkommen konnten. Jeder brachte dann einen selbstgemachten Salat und eine gute Flasche Rotwein mit. Die Tiere des Waldes und der Flur wunderten sich sehr, wenn auf einmal wieder Leben auf dem Marktplatz war, mit Tanz und Musik und Singen und Lachen – gar mehr als in den vielen Jahren des Erzabbaus.*

*Nachdem Hedwig Srabati gestorben und Herr Arbakil zu seiner Tochter in die weiße Stadt gezogen war, eroberten sich die Bäume und Sträucher rund um ihr Gärtchen das Land zurück, bis das Gärtchen ganz inmitten von hohen Bäumen lag, bunt und wohlgeordnet wie eine kindliche Laune der Natur."*

Als Yanni die Geschichte beendet hatte, fragte Sartin leicht enttäuscht: „Also ist die alte Frau nur einen einzigen Tag gereist, um in einer armen und hässlichen Stadt zu bleiben, obwohl sie doch aufgebrochen war, um die Welt kennenzulernen?"

Mutter Yanni lächelte, dann antwortete sie: „Manche brechen auf, um die Welt zu entdecken, aber sie finden sie nie. Andere entdecken sie schon hinter der nächsten Weggabelung." Dann zupfte sie eine der Kornblumen aus, die neben dem Stein wuchsen, auf dem sie saß. Sie reichte sie ihrem Sohn und sagte: „Blau. Das Wasser ist blau. In deinen Augen sehe ich die richtige Antwort, jeden Tag aufs Neue."

# Die Krötchenfrage

So zogen sie noch manches Jahr weiter von Ort zu Ort und sangen ihre Lieder, und Sartin begann, seine eigenen Lieder zu schreiben, von der alten Heimat, die er kaum kannte, von den schönen und weniger schönen Erlebnissen auf ihrer Reise und von der neuen Heimat, so wie sie sich diese erträumten.

Kurz vor seinem dritten Geburtstag konnte Sartin nach einer langen Tageswanderung nicht schlafen und wälzte sich von einer Seite zur anderen. Schließlich bat er seine Mutter, die ob seiner Unruhe auch nicht in den Schlaf fand: „Mutter Yanni, erzähl mir statt eines Märchens heute etwas von meinem Vater!"

Yanni drehte sich zu ihm hin, stützte ihren Kopf mit der Hand ab und betrachtete ihren Sohn eine Weile im Halbdunkel, bevor sie anfing zu erzählen.

*„Auf der Insel Orchililie, die so groß ist, dass man einen Tag braucht, um von der einen Seite zur anderen zu wandern, lebte einst der junge Tagetis Knirsch mit seinem Vater. Beide hatten grünes Haar und an den Armen perlmuttfarben-glitzernde Schuppen, so wie alle Bewohner ihres Dorfes.*

*Hinter dem Dorf, den Hügel herunter, kam man nach einer einstündigen Wanderung an einen großen See, auf dem sich wiederum eine Insel befand, die Hubert hieß und so klein war, dass man schon in einer halben Stunde von der einen Seite zur anderen gelangte. Hier lebte niemand außer einem alten, eingebildeten Fährmann, der die Menschen und Tiere über den See auf die kleine Insel und wieder zurück brachte.*

*In der Mitte der Insel Hubert gab es einen kleinen, ganz von Seerosen bedeckten Tümpel. Und in der Mitte dieses Tümpels saß auf dem schönsten der Seerosenblätter ein dicker alter Kröterich, von dem die Leute sagten, dass er zu allen Dingen des Lebens Rat wisse und auf alle Fragen weise Antworten geben könne. Dabei gab der Kröterich nur zwei Laute von sich: ‚Kroaak' sagte er, wenn er sich bedroht fühlte oder anderen männlichen Kröten zeigen wollte, dass das ganz allein sein Teich sei. ‚Kraook' krächzte er hingegen, wenn er den weiblichen Kröten bedeuten wollte, dass er in dem Teich mit den schönsten Seerosenblättern wohne.*

*Eines Tages verliebte sich Tagetis sehr in ein Mädchen mit kornblumenblauem Haar namens Mila, das auf der anderen Seite des Sees lebte. Eine Schönere als Mila hatte Tagetis noch nie zuvor gesehen. Aber er getraute sich nicht, mit jemandem darüber zu sprechen, schon gar nicht mit Mila selbst.*

*Endlich aber ließ er sich vom Fährmann auf die kleine Insel Hubert bringen, um sein Anliegen beim Kröterich vorzubringen.*

*Am Seerosenteich angekommen, sprach Tagetis sogleich: ‚Lieber, guter und weiser Kröterich, dein Rat*

*soll mir helfen, bitte antworte mir! Wenn du meinst, die schöne Mila könne meine Liebe erwidern, sprich ein weises ‚Kroaak', aber wenn ich zu hässlich und zu einfältig für sie bin, ich also unglücklich würde für einen Herbst und zwei Monde, dann sprich einmal ‚Kraook'.'*

*Der Kröterich sah ihn lange aus seinen schwarzen Augen an, bis der Wind plötzlich die Bäume zum Rauschen brachte und kleine Wellen auf den Teich zauberte. Da öffnete er sein Maul, aus dem heraus ein langes ‚Kroaak' erscholl.*

*Überglücklich fuhr Tagetis zurück und lief, so schnell er konnte, nach Hause und hatte keine Augen für die Blütenpracht der Obstbäume oder für die Anemonen und Vergissmeinnicht.*

*Dann schrieb er die schönsten Gedichte an Mila und schickte sie ihr zusammen mit den farbenprächtigsten Blumen. Und tatsächlich lud sie ihn ein, damit sie einander kennenlernen konnten. Da brachte er ihr zum Gastgeschenk die schmackhaftesten Kräuter aus seines Vaters Garten.*

*Und so lernten sie einander kennen und schließlich auch lieben – und jeden Samstag, wenn Mila ihn besuchen kam, bemalte Tagetis alle Blumen im Garten in einem leuchtenden Orange, weil dies ihre Lieblingsfarbe war.*

*Aber nach einem Jahr wurde Mila auf einmal zunehmend schweigsamer, ihre Gedanken schienen in weite Ferne zu schweifen. Tagetis betrübte das sehr, zumal sie ihm nicht sagen wollte, was ihr fehlte; ja sie meinte sogar, ihr fehle gar nichts, nur um dann wieder in sich hineinzuschweigen.*

*Das besorgte Tagetis so sehr, dass er erneut zur Insel Hubert pilgerte, um die Kröte zu befragen: ‚Lieber, guter und weiser Kröterich, dein Rat soll mir helfen, bitte antworte mir! Wenn meine Mila mich nicht mehr liebt, dann sag es mir mit einem Kraook, aber liebt sie mich noch, dann sprich deutlich: Kroaak! Denn dann werde ich um ihre Hand anhalten und mit ihr in das kleine Hafenstädtchen ziehen, mit all seinen Gerüchen und den vielen fremden Sprachen. Denn dort ist man dem Mond am nächsten. Und alles, was mein ist, will ich mit ihr teilen.‘*

*Und wieder schaute ihn der Kröterich lange aus seinen schwarzen Augen an. Doch dann glaubte er, in der Ferne eine Krötin zu erschnuppern, darum quakte er laut und vernehmlich: ‚Kraook!‘*

*Tieftraurig und enttäuscht schleppte sich Tagetis zum Hubertufer zurück und rief nach dem Fährmann, der ihn zurückbringen sollte. Dem Fährmann entging die Stimmung des jungen Mannes nicht, und so fragte er diesen nach dem Grund.*

*‚Ich habe die wichtigste Frage, die Frage aller Fragen, dem weisen Kröterich auf dem Seerosenblatt auf dem Tümpel auf der Insel Hubert gestellt. Doch seine Antwort betrübt mich sehr.‘*

*Da sagte der alte Fährmann: ‚Ach, diese Kröte ist ein dummes Tier und weiß von nichts. Vermutlich verstand sie nicht einmal deine Frage. Handle ein-*

*fach entgegen ihrem Rat, so entscheidest du gewiss immer richtig.'*

*Nur zu gern hörte Tagetis die Worte des Fährmanns und schnell war da seine Trauer verflogen. Als er auf seinem Heimweg den Hügel hinaufeilte, hatte er noch nicht einmal Augen für die geschäftigen Handwerker, die links seines Weges in ihren kleinen bunten Häusern aus- und eingingen und nach Kundschaft Ausschau hielten.*

*Am nächsten Samstag, als seine Mila zu Besuch kam, bemalte er wieder alle Blumen in ihrer Lieblingsfarbe, bis auf eine, die rot war. Die pflückte er so, wie sie war, und schenkte sie seiner Mila und bat sie, seine Frau zu werden.*

*Das freute Mila sehr, dennoch bat sie ihren Freund um Bedenkzeit und sprach mit ihrer Mutter, denn sie war noch recht jung. Die Mutter riet ihr daraufhin: ‚Meine Mila, fahr über den See auf die Insel Hubert und befrage den weisen Kröterich! Denn er weiß Rat in allen Dingen und kennt die Antwort auf alle Fragen.'*

*So fuhr auch Mila über den See zur Hubertinsel, wanderte zum Seerosenteich und sprach zur Kröte: ‚Lieber, guter und weiser Kröterich, deinen Rat benötige ich sehr, bitte antworte mir! Wenn du meinst, ich solle den jungen Tagetis Knirsch heiraten, dann sprich Kroaak, wenn nicht, dann sprich Kraook!'*

*Die Kröte aber schwieg und schwieg, und Mila fürchtete immer mehr, die Kröte könne ‚Kraook' sagen. Also lief sie eilends zurück zum Inselrand und fuhr über den See nach Hause. Dort sagte sie ihrer Mutter, dass der Kröterich zwar nicht gesprochen habe, sie aber nun dennoch wisse, dass sie den jungen Tagetis heiraten wolle. Und sie wolle ihm lieber die Wahrheit sagen, dass sie keine angemalten Blumen möge, und dass sie nicht wisse, was sie aus seinen Kräutern kochen solle, aber dass ihr seine Gedichte sehr gefallen würden. Und ja, sie wolle mit ihm zusammenleben, in jenem Hafenstädtchen nicht weit von hier, wo man den Mond ganz aus der Nähe zu sehen glaubt, oder wo auch immer.*

*Doch die Mutter redete ihr zu und sprach: ‚Zuvor solltest du sicher gehen, ob du ihn wirklich so liebst, wie er ist, und ob er dich wirklich so liebt, wie du bist.'*

*Also stellte Mila ihrem Tagetis am nächsten Samstag die folgende Aufgabe: ‚Zwischen den fünf Bergen des Südens, nahe den Kreidefelsen der weißen Bucht, wächst an den Ufern des singenden Sees die Rothirse. Von dieser sollst du mir ein Büschel bringen, damit ich aus ihren Körnern einen Zaubertrank bereiten kann. Alles Weitere erkläre ich dir, wenn du mit der Rothirse zurückkehrst.'*

*Darauf beredete sich Tagetis am Sonntag nach der Messe mit seinem Vater: ‚Sprich, Vater: Kein Zweiter weiß von den Kräutern und Gewürzen so wie du. Welch ein Zaubertrank lässt sich aus Rothirse bereiten – und was wird er bewirken?'*

*Der Vater zuckte nur mit den Schultern und erwiderte: ‚Kein einziger Zaubertrank aus Hirse ist mir be-*

*kannt, doch Hirse wächst hier überall. Nur die Rothirse ist selten, man findet sie auf unserer Insel lediglich an wenigen versteckten Stellen. Darum geh zu den südlichen Bergen. Ich werde dir Brote und Früchte und etwas zu trinken mitgeben für die Wanderung.'*

*Im Morgengrauen des nächsten Tages wanderte Tagetis los und erreichte die fünf Berge des Südens noch vor der Mittagszeit. Er durchquerte das erste Tal auf seinem Weg, aber es floss kein Bach hindurch. Da stieg er auf den höchsten der fünf Berge und erreichte den Gipfel, als die Sonne bereits begann, sich im Westen dem Horizont zu nähern. Er schaute nach links, wo er die Insel Hubert am Horizont erahnen konnte, und er sah nach rechts, wo das Meer jenseits der Kreidefelsen der weißen Bucht in der Nachmittagssonne glitzerte. Doch von hier oben konnte er nur das Tal einsehen, aus dem er gekommen war. Ganze drei Tage wanderte er bereits durch Berg und Tal, sodass all seine Vorräte schon aufgebraucht waren. Am dritten Tag, gerade als die Sonne hinter dem Horizont verschwand, fand sich Tagetis einem gewaltigen Felsen gegenüber, an dem ein Vorbeikommen unmöglich schien; zur einen Seite fiel der Fels schroff zum Meer hin ab, zur anderen Seite ragte er steil hinauf, fast bis in die weißen Wolken.*

*Gerade wollte Tagetis umkehren, als vom Meer ein starker Wind einsetzte; zugleich erklang mitten aus dem Felsen ein zarter Gesang wie der eines Chores von Feen und Elfen. Der Junge folgte dem Geräusch und entdeckte eine schmale Klamm, die sich wie ein Riss mitten durch das Gestein bis auf den Waldboden zog; aus dieser schien der wundersame Gesang zu kommen. Tagetis tastete sich an dem kalten dunklen Felsen entlang durch den Spalt vor, bis sich der Fels auf der anderen Seite der Klamm zu einem weiten Tal öffnete. Darin lag ein kleiner See, der an der Westseite ganz mit Schilf bewachsen war. Als Tagetis näher ans Ufer kam, sah er, wie sich die Schilfhalme im Wind bogen. Viele waren gebrochen, auf ihren hohlen Rohren spielte der Wind sein Lied. Kein Zweifel: Dies war der singende See, an dessen Ufer die Rothirse wuchs, ja sie wucherte hier gar um jeden Stein. Hochbeglückt sammelte der Junge so viele Büschel, wie er eben tragen konnte und packte sie in seinen Leinensack. Am nächsten Morgen trat er beim Sonnenaufgang die Heimreise an und folgte dem Bächlein, welches sich aus dem See ins Tal hinabschlängelte, bis dieses ihn aus den fünf Bergen hinausführte. So erreichte er das Haus seines Vaters noch vor Sonnenuntergang.*

*Als Mila am nächsten Sonnabend endlich erschien, überreichte Tagetis ihr die Rothirse zusammen mit einem dicken Kuss. Mila machte sich sofort daran, die Hirse zu waschen und Blätter und Halme zu entfernen. Körner und Spelze gab sie in kochendes Wasser und summte ein fröhliches Liedchen, während sie das Gebräu beständig umrührte.*

*Schließlich hob sie die Schüssel vom Feuer, wartete, bis sich das Gebräu abgekühlt hatte und reichte Tagetis den Rothirse-Sud mit den Worten: ‚So du diesen*

*Sud trinkst, werde ich in deinen Augen die schönste Frau der Welt bleiben bis in alle Tage.'*

*Tagetis zögerte keinen Moment, nahm die Schüssel und schüttete sie in hohem Bogen aus, sodass der Sud im Boden des kleinen Vorgartens versickerte: ‚Nicht schöner könntest du mir jetzt erscheinen durch irgendeinen Zaubertrank der Welt. Und wenn wir beide heiraten und gemeinsam alt werden, so will ich nicht einen Augenblick zweifeln, dass meine Augen dich so sehen, wie du bist. Kein Trugbild soll mein Auge erblicken, wenn ich morgens aufwache und keins, bevor ich des Nachts einschlafe.'*

*Nun endlich wusste Mila, dass dies der Mann war, den sie heiraten wollte. Drum weinte sie vor Freude und er weinte mit ihr. Da sandte der Himmel Regen herab, der von allen Blumen in Tagetis' Garten die orangene Farbe abwusch, bis jede Blume wieder in ihrer natürlichen Pracht erschien. Tagetis und Mila aber tanzten auf der Straße und lachten, bis die Sonne wieder schien und alles in den schönsten Farben funkeln und leuchten ließ.*

*Schon einen Monat später heirateten sie und zogen alsbald in das Hafenstädtchen in eine klitzekleine Wohnung direkt unter dem Dach. Aus dem einen Dachfenster konnten die beiden das Dorf des Vaters, aus dem anderen Dachfenster das Dorf der Mutter in der Ferne erahnen. Und Tagetis kochte für sich, seine Mila und bald auch für ihre beiden Kinder die leckersten Gerichte von den Kräutern aus seines Vaters Garten. Und bis ins hohe Alter schenkte er sei-*

*ner Mila Blumen in allen Farben, so wie die Blumen nun einmal sind.“*

Sartin hatte Mutter Yanni aufmerksam zugehört, solange sie die Geschichte von Tagetis und Mila erzählte, doch am Schluss fragte er: „Warum haben Vater Yannu und du in deiner Erzählung andere Namen?“

„Dein Vater und ich haben viele Namen. Und nun schlaf.“

Teil II

# Das Heimatzeichen

# Abschied

An seinem vierten Geburtstag, als Sartin also 16 Jahre alt wurde, sprach Yanni zu ihrem Sohn: „Sartin, meine Finger sind müde und meine Augen müssen sich immer mehr anstrengen, um die Saiten zu erkennen. Von den 100 Talern, die wir brauchen, um in der neuen Heimat ein Haus für die Familie zu kaufen und unser neues Leben aufzubauen, haben wir schon 80 Taler in unserem Geldbeutel. Ich werde mir zehn Taler nehmen, das reicht, um mich mit Vater Yannu zu treffen und in die neue Heimat vorauszureisen. So musst du nur für dich selber einkaufen und hast die fehlenden 30 Taler in ein paar Wochen beisammen. Dann kommst du nach in die neue Heimat, und wir sind als Familie wieder vereint."

Sartin staunte und fragte: „Aber werden die Leute mir alleine denn Geld geben, wenn deine schöne Stimme fehlt? Und wie werde ich unsere neue Heimat finden, die ich nie gesehen habe und deren Namen ich nicht kenne?"

Die Mutter lachte und antwortete: „Deine Stimme ist schon längst so schön wie meine. Seit du aus dem Stimmbruch bist, ist sie immer reifer geworden, man hört in ihr die Wälder, Vögel und Bäche, das Echo der Berge und Täler und den Rummel der Marktplätze, die wir auf unserer Reise kennengelernt haben. Und wegen des Weges in die neue Heimat gebe ich dir einen Zettel mit, auf dem steht das Ziel beschrieben in einer geheimen Schrift.

Diejenigen, welche diese Sprache kennen, werden dir helfen, die neue Heimat zu finden."

Und sie gab ihm einen Zettel mit nur einem einzigen Zeichen, einem Zeichen, das er noch nie zuvor gesehen hatte.

Sie beredeten noch das eine oder andere, aber einige Tage später kamen sie an eine Kreuzung, an der die Mutter sich von ihm verabschiedete und ihm den Weg in die nächste Stadt beschrieb, wo er auf musikfreudige Menschen hoffen könne. Gerade als sie sich zum Gehen wandte, fiel ihm noch eine Frage ein, wohl auch um den Abschied noch etwas hinauszuzögern: „Der Kröterich in dem Märchen – er wusste nicht um die Fragen der Menschen, die ihm diese stellten, stimmt's?"

„Die Kröte weiß um nichts als um ihre Welt, gerade deswegen dürfen wir ihr unsere Fragen stellen, denn sie gibt uns keinen Rat. Folgen müssen wir aber unserem Herzen."

So zog er weiter von Ort zu Ort, spielte seine Musik und sang die Lieder, die er von seiner Mutter gelernt hatte. Wenn die Menschen dann ihre eigenen Lieder spielten, hörte er ihnen gut zu und lernte so manches neue Stück, das er auf den Weg in die neue Heimat mitnahm. Und manchmal, wenn die Leute blieben und sich um ihn herumsetzten und zuhörten, dann erzählte er auch eine der Geschichten, die er auf seinen Reisen kennengelernt hatte.

Sobald er von den fehlenden 30 Talern das meiste beisammen hatte, begann er in jedem Ort nach jemandem zu suchen, der das Zeichen deuten und ihm sagen konnte, in welcher Richtung seine neue Heimat wohl lag. Aber meist kannte kein Einziger das Zeichen; nur in jeder dritten oder vierten Stadt fand er jemanden, der das Zeichen erkannte – mal war es der Buchbinder oder der Türmer, mal eine Lehrerin, mal eine Kesselflickerin oder der Scherenschleifer, der von Dorf zu Dorf zog, um seine Dienste auf den Marktplätzen anzubieten. Doch sie alle sprachen den Namen des Heimatzeichens unterschiedlich aus, und keiner konnte eine genaue Wegbeschreibung geben oder wusste auch nur, wie weit es noch war. So war Sartin schon froh, wenn sie ihn wenigstens in etwa in die gleiche Richtung wiesen.

# Jussiweh

Im Herbst nach der Trennung von der Mutter spielte Sartin seine Lieder am Rande eines großen Jahrmarktes zur Zeit der Erntedankfeste. Es liefen zwar so viele Menschen an ihm vorbei wie auf keinem anderen Markt zuvor, aber kaum einer beachtete Sartin und seine Lieder.

Ein hagerer junger Mann mit einer alten Gitarre auf dem Rücken aber hörte ihm zu und gab einen Groschen in seinen Hut, als Sartin eine Pause einlegte. „Die Menschen geben nichts mehr auf die Musik. Seit die Zeiten so unsicher geworden sind, stehen sie Schlange vor den Zelten der Wahrsager und Kartenleser. Deshalb habe ich gelernt, die Tarotkarten zu deuten und wechsele mich abends mit einem der alten Kartenleser ab. Nur darf ich nicht mehr meine Lieder auf dem Jahrmarkt spielen, denn wer glaubt schon einem Spielmann, dass er die Zukunft deuten könne?"

So kamen sie ins Gespräch, und Sartin war begierig, vom Kartenlesen und Vorhersagen zu erfahren. Vielleicht könnte er auf diese Weise die neue Heimat seiner Familie in Erfahrung bringen? Doch noch kannte er den jungen Mann, der sich Jussiweh nannte, nicht gut genug, um ihm sein Heimatzeichen zu zeigen und seine Fragen zu stellen.

Also sprachen sie an diesem Nachmittag vor allem über die Musik. Jussiweh war wie Sartin in seinen jungen Jahren als Barde unterwegs gewesen und hatte seinen Beruf geliebt, bis er feststellen musste, dass die Menschen immer weniger auf seine Lieder gaben. Zwar warf man ihm noch Geld in seinen Hut, aber mehr aus Barmherzigkeit oder Mitleid denn als Dank für die schönen Weisen. Drum lernte Jussiweh manch anderes Handwerk, um sein Geld zu verdienen; die Musik spielte er nur noch für sich und seine Freunde am Feierabend und am Wochenende.

Sartin und Jussiweh suchten sich einen Platz etwas fernab des Jahrmarkt-Rummels, wo Jussiweh Sartin einige seiner Lieder vorspielte. Die meisten waren heiter und zum Tanzen animierend, die Wanderlieder forsch und frohgemut. Nur wenn Jussiweh von der Liebe sang, klangen seine Weisen oft leise und melancholisch. Sartin lauschte mit großer Aufmerksamkeit; so manches Lied würde gut in sein Repertoire passen. Jussiweh machte das stolz, denn die meisten Stücke hatte er selbst geschrieben. Sartin erzählte Jussiweh daraufhin von einem Liedtext, den er schon vor Monaten begonnen hatte, aber nicht vollenden konnte. Jussiweh dachte nach, dann versuchte er, die Liedtexte in andere Sprachen zu übersetzen, sodass sie sich besser reimten. Als er dazu seine Ideen in den Schriftzeichen anderer Sprachen niederschrieb, fand Sartin, es sei an der Zeit, ihm das Heimatzeichen zu zeigen. Jussiweh betrachtete es nur kurz und erklärte, dieses Zeichen kenne er – und auch den Ort, auf den es verweise. Da bat ihn Sartin mit frischem Mut, sofort gemeinsam dorthin aufzubrechen.

Nach einigen Tagen straffen Wanderns kamen sie aus einem bewaldeten Tal auf eine karge Landschaft in der Hochebene, spärlich bewachsen mit Büschen von Ginster, Koniferen, Disteln und halb vertrockneten knorrigen Kiefern. Jussiweh machte Halt bei einem Tümpel unter einer großen Trauerweide, an dem Hirse, Wermut, Wacholder und Essigkraut wuchsen.

„Was rasten wir hier?", fragte Sartin. „Sagtest du nicht vor einer Stunde, wir wären fast da?"

Jussiweh streckte seine Arme weit von sich, als wäre er gerade erwacht, drehte sich um seine eigene Achse, sah gen Himmel und lachte: „Aber wir sind doch da. Hier bin ich geboren und aufgewachsen, auf diesen Bäumen bin ich geklettert als kleiner Bub, dort drüben war das Haus meiner Eltern, hinter der Trauerweide in dem kleinen Häuschen wohne ich mit Frau und Kind. Und wenn du zurückschaust, siehst du in der Ferne auf dem Berg die weiße Stadt."

Er drehte sich mit ausgebreiteten Armen nochmals mehrfach um sich selbst und fuhr fort: „Was kann es Schöneres geben – rings um dich herum die Heimat, jeder Baum eine Erinnerung und der Blick in die Zukunft in der Ferne. Hierhin führt das Zeichen, das du bei dir trägst – zurück zu den Wurzeln."

„Aber meine Heimat kenne ich kaum. Nichts hat der Krieg von ihr übrig gelassen. Meine Eltern und meine Schwester sind fern von hier, in einer neuen Heimat, von der ich nichts kenne als dieses Zeichen. Bist du wirklich ein Wahrsager, der mir den Weg in die Heimat zeigen kann, oder zeigtest auch du mir nur den Weg zu einem Fleck irgendwo in der Fremde?“

Jussiweh hörte auf, sich zu drehen und dachte lange nach, dann setzte er sich auf den nackten Boden und vergrub seinen Kopf in seinen Händen. „Für einen Wahrsager hielt ich mich, wohl durch all die törichten Menschen geblendet, denen ich die Zukunft vorherzusagen glaubte. Dieses Zeichen führte mich einst ans Ziel, doch in Wirklichkeit verstand ich von der Botschaft nur das, was ich ohnehin erkennen wollte.“

Sartin sah ihn lange schweigend an, er hatte ihn nicht verletzen wollen. Schließlich sammelte sich Jussiweh und richtete sich auf: „Dennoch: einen Hinweis kann ich dir geben: Wenn du tatsächlich Antworten willst für die Suche nach der Heimat, solltest du zu Tuchse Raighe pilgern. Aber schon dies ist ein langer, beschwerlicher Weg, man kann auch glücklich werden ohne ihre Antworten.“

„Wer, wo oder was ist denn bitteschön Tuchse Raighe?“

„Sie war die größte Sängerin ihrer Generation, wahrscheinlich ist sie dies auch heute noch. Gemeinsam mit ihr unternahmen wir wundervolle Konzertreisen durch all die schönen und reichen Länder, die nun vom Krieg verwüstet sind. Inzwischen wohnt sie meines Wissens mit ihrer Familie in einem kleinen Dorf nahe der Küste des Schwarzen Meeres, aber Genaueres weiß niemand.“

„Ist sie schön?“

Jussiweh lachte: „Bist du sicher, dass du wirklich die Antwort auf all die großen Fragen suchst, die du mir auf unserer Wanderung an den Kopf geworfen hast? Deine letzte Frage scheint mir viel besser zu dir zu passen; du wirst dessentwegen nicht so weit und lange reisen müssen."

„Aber ist sie nun schön?"

„Wenn du mit ihr allein in einem Raum säßest, während sie an ihren bunten Tüchern webt, würdest du sie nicht einmal wahrnehmen, so unscheinbar ist sie. Aber wenn du auf einen großen Platz voller Leute kommst und sie ist dort, wirst du sie sofort entdecken, so schön ist sie."

Es war schon Abend geworden, also blieb Sartin noch für die Nacht bei Jussiweh und seiner kleinen Familie. Jussiweh kredenzte Sartin eine Vesper aus Olivenbrot mit Kräuterquark, Pinienkernen und getrockneten Feigen, Brennnesseltee und Sanddornlikör.

Zu Sartins Überraschung war dies eines der wohlschmeckendsten Abendessen, das er seit langem genossen hatte. Und er begann, über die kärgliche Heimat des selbsternannten Wahrsagers wohlwollender zu urteilen.

Als Sartin und Jussiweh zur späten Nacht noch beim Bier zusammensaßen, fragte Sartin seinen Gastgeber, warum seine Liebeslieder oft so traurig klängen. „Du hast eine schöne Frau und ein liebes Kind, gemeinsam wohnt ihr in der Heimat, die ihr euch gewählt habt."

Jussiweh seufzte und sprach: „Ja, so ist es, aber kein Glück ist absolut und ohne Frist. So sehr wir uns doch lieben, nach der Verliebtheit der ersten Jahre liegt nun eine Fremdheit zwischen mir und meiner Frau Yegalot, obwohl ich doch alles tue wie früher, um sie für mich zu gewinnen und zu halten."

Sartin erinnerte sich an das Märchen von Tagetis und Mila und erzählte es nach, so gut er konnte. „Einst erzählte mir meine Mutter diese Geschichte, obwohl sie mir doch von meinem Vater berichten sollte, an den ich mich kaum mehr erinnern kann."

Jussiweh lachte zuerst über die Torheit der Menschen von der Insel Orchililie, ihr Schicksal der unwissenden Kröte anzuvertrauen, aber zum Ende der Geschichte wurde er nachdenklich und ernst. „Die Blumen hat er in ihrer Lieblingsfarbe angemalt, wann immer sie ihn in seinem Garten besuchte. Hab ich dies vielleicht auch versucht in all den Jahren?"

Sartin sah sich im Raum um, es gab keine bemalten Blumen. Aber es war schon spät und er war müde, so sagten sie einander Gute Nacht.

Am nächsten Morgen verließ Sartin den Barden Jussiweh, der so wenig von einem Wahrsager gewesen war, und reiste weiter in Richtung der weißen Stadt.

# Der alte Clown

In der weißen Stadt gastierte in diesen Tagen ein kleiner Zirkus. Sartin durfte in den Pausen zwischen den Vorführungen seine Lieder für Gäste und Artisten spielen. Den Leuten gefiel seine Musik und selbst die Tiere hörten gerne zu. Eines Abends saß er nach der letzten Aufführung mit den Zirkusleuten zusammen am Feuer, da entschloss sich Sartin, sie nach dem Weg in die Heimat zu fragen. Just in diesem Moment gesellte sich auch der alte Clown zu ihnen.

„Tere Tulemast", sagte der alte Clown, „das heißt ‚Willkommen' auf Estnisch."

„Dann kommst auch du nicht aus dieser Gegend?", fragte Sartin.

„Der Ort, an dem ich zur Welt kam, liegt weit entfernt von hier. Könnte ich dir deine Frage beantworten, wenn ich nicht selbst ein Fremder und in meinem Leben schon weit gereist wäre?"

„Du kennst meine Frage bereits, bevor ich sie ausgesprochen habe?"

Der Clown nickte: „Ich sehe den Zettel in deiner Hand und das Zeichen darauf, und für Fragen wie diese muss man viel herumgekommen sein und die Augen und Ohren offen halten."

Und so begann der alte Zirkusclown seine Geschichte zu erzählen:

*„Als ich etwa in deinem Alter war, reiste ich rastlos durch die Welt auf der Suche nach ... ehrlich gesagt wusste ich nicht recht, wonach ich suchte. Irgendwann erzählte mir ein Fremder von einem Weisen, der mir vielleicht weiterhelfen könne. Also begab ich mich auf die Suche nach diesem Weisen – seinen Namen habe ich längst vergessen –, doch traf ich ihn nur durch Zufall an einer Weggabelung. Da stellte ich ihm zwei Fragen, jede nur aus je einem einzigen Wort bestehend: ‚Wohin? Warum?'*

*Der Weise erwiderte: ‚Beide Fragen kannst nur du selbst dir beantworten, aber dafür musst du dir noch eine dritte Frage stellen, denn nur für alle drei gemeinsam kannst du eine Antwort finden. Und einen langen Weg hast du dazu noch vor dir.'*

*Leicht verärgert sprach ich: ‚Für diese Antwort hätte es keines Weisen bedurft, also sage mir zumindest, wohin ich meine Reise fortsetzen soll, um zu finden, wonach ich suche.'*

*‚Hör mir genau zu', antwortete der Weise, ‚so kannst du dein Ziel nicht verfehlen:*

*Sei zum Sonnenaufgang bereit, gürte dich und breche auf in Richtung deines Schattens. Diesem folgst du und beobachtest, wie er im Laufe des Vormittages immer kürzer wird.*

*Durch eine weite Steppe führt der Weg, und wenn dein Schatten so kurz geworden ist, dass du keine Richtung mehr ausmachen kannst, dann halte Rast und stärke dich, denn dir steht die zweite Hälfte des Weges noch bevor.*

*Sobald dann dein Schatten dich wieder zu führen bereit ist, stehe auf, pack deine Sachen zusammen und folge dem Schatten, der nun immer länger wird. Irgendwann wird er fast bis zum Horizont reichen, dann halte in dieser Richtung Ausschau nach dem Dorf mit den 23 Häusern, denn schon bald wird die Sonne hinter einem Hügel verschwinden und dein Schatten dich nicht mehr leiten können.*

*In dieses Dorf sollst du gehen und einkehren in einem der Gasthäuser, denn erst am nächsten Morgen wirst du das Haus finden können, in dem dir weitergeholfen wird.'*

*Ungeduldig unterbrach ich den Weisen: ‚Aber woran soll ich dieses Haus erkennen?'*

*Der Weise hockte sich hin und zeichnete auf ein Stück Pergament einen seltsamen Umriss aus schrägen Rechtecken und einem kleinen Halbkreis, reichte mir die Skizze und fuhr fort: ‚Wenn am Morgen des nächsten Tages die Glocke vom Kirchturm elfmal schlägt, dann gehe zügig durch die Gassen des Dorfs und suche dasjenige Haus, welches diesen Vorschatten auf die Gasse wirft. Aber du darfst nicht zu langsam sein, sonst findest du es nicht und musst bis zum nächsten Morgen um elf Uhr warten.'*

*Ich nahm die Skizze, drehte sie mal nach rechts, mal nach links und wollte den Weisen noch viele Dinge über den Weg und das Haus fragen, aber als ich aufsah, war er bereits seines Weges gegangen und ich vernahm nur noch seine leiser werdenden Schritte.*

*Also machte ich mich am nächsten Morgen auf mit meinen Siebensachen und dem Pergament und durchwanderte die Steppe, immer mit den Augen am Boden, um meinem Schatten zu folgen. Und gar wundersam bewegte ich mich immer auf einem bereits ausgetretenen Pfad. Zu Mittag machte ich Rast im Schatten eines großen Baumes, nachdem ich die Stelle, an der ich den Weg verlassen hatte, sorgsam markiert hatte.*

*Zum frühen Nachmittag ging ich weiter und tat alles wie mir der Weise geheißen. So erreichte ich zum Abend das Dorf mit den 23 Häusern und suchte mir dort eine einfache Herberge für die Nacht.*

*Am nächsten Morgen stand ich schon mit den ersten Sonnenstrahlen auf und durchstreifte die Gassen, schaute auf den Boden und versuchte mir vorzustellen, welches Haus einen solchen Schatten werfen könnte. Aber es gelang mir nicht, und so musste ich bis elf Uhr warten und eilte daraufhin erneut von Haus zu Haus. Die Skizze auf dem Pergament brauchte ich längst nicht mehr, so gut hatte sich mir der Schattenriss mittlerweile eingeprägt. So war es mir ein Leichtes, unter den 23 Häusern dasjenige zu entdecken, dessen Vorschatten der Skizze entsprach. Ich klopfte und trat eilends ein.*

*In dem Haus saß eine alte Frau im Halbdunkel, die mich zu warten hieß, ohne dass sich mir erschloss, auf was es zu warten gewesen wär. Schließlich stand sie auf, trat an mich heran und musterte mich von oben bis unten: ‚Thorn aus Haapsalu, du bist einen langen Weg gekommen. Bist du bereit für die Fragen?‘*

*Ich war verblüfft, dass die alte Frau meinen Namen kannte und betrachtete sie erstmals genauer. Nein, sie war mir noch nie zuvor begegnet. Also antwortete ich: ‚Der Weise, welcher mich zu dir schickte, half mir nur wenig ob meiner Fragen – und noch weniger gab er mir Antworten mit. Er beschrieb mir nur den Weg zu deinem Haus und verschwand.‘*

*‚Aber diesen Weg bist du gegangen so wie vom Weisen beschrieben?‘*

*‚Ja doch, so bin ich ja nun hier angekommen‘, sagte ich mit leichter Ungeduld.*

*‚Dann wird es dir ein Leichtes sein, meine Fragen zu beantworten zu all dem, was du unterwegs erlebt und empfunden hast, denn es ist ja grad ein Tag vergangen seitdem. Beginnen wir mit der leichtesten der Fragen: Welche Farbe hat die Außenwand dieses Hauses?‘*

*Stotternd musste ich der alten Frau – und mir selbst – eingestehen, dass mein Blick während der gesamten Wanderung auf den Boden gerichtet gewesen war, und dass ich kaum mehr wahrgenommen hatte als meinen eigenen Schatten und den Baum, unter dem ich Rast gemacht hatte.*

*Da sprach sie sanft, aber bestimmt: ‚Dann geh zurück auf dem Weg, den du nunmehr kennst und doch nicht kennst, bis zu der Stelle, wo du dem Weisen begegnet bist. Und übermorgen erscheinst du hier wieder gegen elf Uhr, dann will ich dir drei Fragen stellen zu den Dingen, die du gesehen, gehört und gerochen hast.'*

*Also machte ich mich noch am gleichen Tage auf zu der Abzweigung, wo ich den Weisen getroffen hatte, und schaute mir währenddessen die Umgebung genau an, horchte auf ihre Geräusche, erschnupperte ihre Gerüche. Das Dorf mit den 23 Häusern lag auf der anderen Seite einer schroffen Bergkette, auf deren Westseite sich auf halber Höhe ein kleiner Wasserfall ergoss. Je näher ich dem Berg kam, desto deutlicher hörte ich das Wasser rauschen, das Geräusch mischte sich mit dem Wind in den Bäumen. Ich wunderte mich, wie mir dies gestern hatte entgehen können. Schließlich kam ich so nahe an dem Berg vorbei, dass ich das Wasser auf meiner Haut zu spüren meinte.*

*Die Felder rund um den Berg waren von wilden Blumen übersät, die in allen Farben blühten und die Luft mit den unterschiedlichsten Düften füllten. Die Bienen summten um sie herum, während die Lerchen hoch in der Luft in einem fort sangen und immer höher und höher stiegen.*

*Und auch am folgenden Tage, als ich mich erneut zu dem Dorf mit den 23 Häusern aufmachte, prägte ich mir jedes Detail so gut wie möglich ein.*

*So erschien ich am übernächsten Tage wieder bei der alten Frau im dämmerigen Hausflur, grüßte kurz, als sie mir öffnete und sagte: ‚Weiß! Dein Haus ist so weiß wie die Summe aller Farben des Lichts.'*

*‚Was kommst du mir jetzt mit der Farbe meines Hauses? Alle Häuser dieses Dorfes sind weiß.‘ Sie setzte sich zurück auf ihren Platz und sah mich erwartungsvoll an: ‚Erzähl mir nun von den drei bewegendsten Eindrücken, die du auf deinem Weg gesammelt hast.‘*

*Und wieder war ich überrascht, hatte ich doch mit konkreten Fragen zu Farben, Klängen oder Gerüchen gerechnet. Nach kurzer Bedenkzeit gab ich aber dennoch folgende Antwort: ‚Mein erster Eindruck: Noch am Tage, als wir uns zuerst begegneten, sah ich auf meinem Rückweg hoch zu dem Wasserfall, just als die Sonne mir im Rücken stand, und das Sonnenlicht spiegelte sich in dem Wasser wie ein Schwarm von abertausend Schmetterlingen, ein jeder mit Flügeln aus buntem Glas.*

*Mein zweiter Eindruck: Am gestrigen Mittag, als ich Rast hielt unter der wuchtigen Eiche, hüpfte eine kleine grüne Heuschrecke direkt neben meinen Fuß. Ich hielt ganz still und wagte kaum zu atmen, da begann sie zu zirpen, so laut, dass man es wohl bis ins Dorf noch hören konnte. Und nach und nach vernahm ich ein Zirpen auch von links und rechts, nah und fern, und es verschmolz zu einem einzigen Klang, der zu pulsieren schien, ohne jemals Luft holen zu müssen. Als ich schließlich doch – so hungrig wie ich war – in mein Brot biss und es herzhaft knirschte, hüpfte die Heuschrecke behände fort, aber der Klang, das Sirren des Feldes umgab mich weiterhin.*

*Dann, als ich wieder aufbrach und wohl eine Stunde meinem Schatten gefolgt war, teilte sich der Weg, und zu meiner Linken führte ein befestigter Pfad gen Nordwesten, ungefähr in die Richtung des Hügels, hinter dem am späten Abend die Sonne entschwindet. An der Weggabelung stand ein Stein, in den mit grober Schrift die Namen dreier Orte gehauen waren, von denen ich noch nie zuvor gehört hatte: Sinecantium, bis zu dem es laut des Wegweisers noch 101 Meilen waren, Ubelcaro, 89 Meilen – und der dritte Ort war gar nur mit einem einzigen mir fremden Symbol bezeichnet und wäre mit 17 Meilen kaum eine Tagesreise entfernt gewesen. Doch ich kannte mein Ziel und folgte dem Weg zum Dorf mit den 23 Häusern. Dies war mein dritter Eindruck.'*

*Ich machte eine kurze Pause und sah die alte Frau ernsthaft an: ‚Dies waren meine drei eindrücklichsten Momente auf dem Weg, also sage mir nun: Waren dies die richtigen und erforderlichen Antworten, um endlich von dir zu erfahren, wohin es weitergeht, und warum?'*

*‚Welche richtigen Antworten? – Was weiß ich, ob dies deine bewegendsten Eindrücke waren. Aber es scheinen deine wahrhaftigen Erinnerungen zu sein, also bist du nunmehr bereit.'*

*Die Frau brachte mich in das Innere des Hauses und öffnete das blaue Schiebetor zum Hof, wo ein Lama bedächtig sein Gras kaute. Hinter dem Hof erblickte man links die alte Kapelle des Dorfes, in der Mitte einen Weg, der auf der anderen Seite wieder aus dem Dorf hinausführte und rechts entdeckte ich einen Zirkuswagen, vor dem ein Jongleur und seine Töchter ihre Kunststücke übten.*

*Ich schaute die alte Frau neben mir an: In ihren Augen bemerkte ich ein Funkeln, das mir zuvor noch nicht aufgefallen war, und um ihren Mund ein schelmisches Lächeln wie das eines jungen Mädchens. Als sie sich aber zum Gehen wandte, fragte ich: ‚Was wird nun geschehen?'*

*Sie lachte und sprach: ‚Deine erste Lektion hast du ja nun gelernt. Also kannst du gehen oder bleiben, allen weiteren Lektionen kannst du dich an jedem Ort auf dieser Welt stellen.'*

*‚Aber was war die erste Lektion, und was habe ich gelernt?', fragte ich.*

*‚Durch die Welt zu gehen mit wachen Sinnen', waren die letzten Worte, die ich von ihr hörte. Und sie ließ mich mit mir allein zurück in dem Dorf mit den 23 Häusern."*

Thorn aus Haapsalu, der alte Zirkusclown, sah vom Feuer auf und trank nachdenklich aus seinem Becher, bevor er seine Geschichte beendete. Es war offenkundig, welche Wahl er damals in dem Dorf mit den 23 Häusern getroffen hatte. „Mit dem Zirkus konnte ich weiterhin die ganze Welt bereisen, zugleich gab er mir eine Heimat und meinem Leben einen Inhalt."

Neugierig fragte Sartin: „Und die zweite Lektion? Wie und wo hast du diese gelernt? Worum geht es in den anderen Lektionen? Und welches ist die dritte Frage, von welcher der Weise sprach? Und welche Fragen werde ich dereinst beantworten müssen?"

Aber Thorn antwortete lächelnd: „Ich kann dir nur diese eine Lektion ersparen, allen anderen musst du dich selbst stellen. Also gehe jeden Meter deines Weges mit offenen Sinnen. Nicht weil dich eines Tages jemand nach deinen Eindrücken befragen wird, auch wenn dies ab und an geschehen mag. Sondern weil das, was du auf deinem Wege siehst, hörst, riechst und spürst, die Summe deiner Erinnerungen und Erfahrungen sein wird. Und es wäre schade, wenn du dich eines Tages nur an deinen grauen Schatten und den Klang deiner eigenen Schritte erinnerst."

Am nächsten Morgen, als Sartin sich gerade zum Aufbruch bereit machte, trat Thorn der Clown noch mal an sein Zelt und sprach ihn an: „Ich weiß nicht, ob es klug ist, es dir zu erzählen."

„Was ist es? Erzähl es mir ruhig, ich werde umsichtig sein mit dem, was du mir sagst."

„Du erinnerst dich, dass es einen dritten Weg gab, weg von dem Dorf mit den 23 Häusern, in Richtung des Hügels im Nordwesten?"

„Ja, ich erinnere mich: der Wegstein mit den fremdartigen Ortsnamen."

„Sinecantium und Ubelcaro, sowie jener dritte Ort, kaum eine Tagesreise entfernt, dessen Name nur aus einem einzigen Zeichen bestand", fuhr Thorn fort. „Die Gestalt des Zeichens war mir entfallen, bis gestern, als du mir am Lagerfeuer das Zeichen auf deinem Zettel zeigtest und ich meine Geschichte erzählte. Es mag nur ein Trick meines Gedächtnisses sein, aber seitdem ist mir, als wäre jenes Wegzeichen gleich dem, welches du als Zeichnung deiner Mutter mit dir trägst." Thorn von Haapsalu zeigte auf den Zettel mit dem Heimatzeichen, welchen Sartin stets bei sich trug. „Es war das einzige Mal, dass ich dieses Zeichen gesehen habe."

Sartin fühlte ein Zittern vor Aufregung: „Dann kennst du bereits einen Weg in meine neue Heimat, und doch soll ich vielleicht noch Jahre durch die Fremde streifen und nach Antworten suchen, wo ich die Fragen kaum versteh, und Mutter und Vater vielleicht nie wiedersehen?"

Traurig schüttelte der Clown den Kopf: „Wenn du dort hinreist, wo ich das Zeichen gesehen habe, wird es nicht auf dem Wegweiser sein. Die Wege finden dich."

Und als er den hilflosen Blick des Jungen sah, fügte er hinzu: „Ich weiß den Weg zu deiner Heimat nicht, denn dieses Zeichen bedeutet jedem etwas Anderes, nur dass es eben ‚Heimat' heißt. Würdest du also zur Weggabelung hinter der Eiche westlich des Dorfes mit den 23 Häusern gehen, so würde dort für deine Augen nur der Name des nächsten Ortes in normaler Schrift stehen, vielleicht die Bezeichnung eines unbedeutenden Hafenstädtchens. Für mich wird dies dereinst der Ort sein, an dem ich – so Gott will – Ruhe finde vom Reisen; doch den Namen dieses Ortes kenne ich nicht."

Thorn von Haapsalu holte tief Luft und fuhr fort: „Diejenigen auf deiner Reise, die das Zeichen erkennen, wissen, dass es keinen direkten Weg zur Heimat weist und noch weniger deren Namen benennt. Vielmehr führt es dich zur nächsten Station auf deinem Weg – nicht vorbestimmt, doch anempfohlen. Manchmal aber kannst du Lektionen auslassen, die das Leben für dich bereithält, und dein Ziel ohne diese Umwege erreichen, aber dann könnte dir etwas fehlen – und vielleicht wirst du es ein Leben lang spüren, ohne ganz zu ahnen, was es ist."

Ratlos sah Sartin den alten Clown an. Er wusste jetzt mehr um die Bedeutung des Zeichens, das seine Mutter ihm mitgegeben hatte, und doch fühlte er sich, als wüsste er weniger denn je zuvor.

# Auf der Fähre

Einige Wochen später setzte Sartin auf dem Weg zum Auftritt auf einer friesischen Insel mit der Fähre über das Meer. Als er merkte, wie langsam sich das Schiff fortbewegte, ging er zum Fährmann, besorgt, dass er das Konzert zu spät erreichen würde.

Da sprach der Fährmann: „Sutsche, junger Mann. Bleib mal sachte. Wir Friesen sind nicht dumm, wir wissen, dass das Konzert nicht beginnt, bevor der Musiker da ist. Dein Publikum wird sich die Zeit mit Tanzen und Singen vertreiben, denn im vielen Reden sind die Friesen nicht gut." Er holte sich einen Priem aus der Tasche und begann gemütlich zu kauen. „Die Menschen, die am Wasser leben, kennen sich aus mit der Zeit, denn wir können sie ja sehen. Einst war ich Fährmann auf einer Gierseilfähre zum Alten Land. Dort musste ich nur nach unten auf den Strom schauen. Mal verfloss die Zeit schnell, aber an Tagen wie heute floss sie langsam und gemächlich. Hier am Meer …", er hielt den angefeuchteten Finger in die Luft, „… kann ich die Zeit spüren. Nun könnte ich sie verzögern, gar anhalten, aber wer zahlt dafür schon außer den Liebenden?"

Sartin erkannte, dass er die Zeit auf der Fähre nicht beschleunigen konnte und setzte sich, um dem Fährmann weiter zu lauschen.

„Wenn die Hamburger am Wochenende mit ihren schnieken Sonntagskleidern kamen, hatten sie es immer eilig, so wie du. Manche boten mir sogar Geld an, wenn ich die Fähre schneller fahren ließe. Hätte ich über das Wasser geherrscht, ein reicher Mann wäre ich heute."

Sartin beschloss, aus der Zeit auf der Fähre das Beste zu machen und zeigte dem Fährmann das Heimatzeichen. „Dieses Zeichen soll mich zu meiner neuen Heimat führen, welche ich noch nie gesehen habe und deren Namen ich nicht kenne."

Der Fährmann besah es sich und schüttelte den Kopf. „Dein Zeichen kenne ich nicht, aber ich will dir berichten, was meine Großeltern mich über die Bedeutung von Heimat gelehrt haben: Mein friesischer Großvater lebte auf dem Festland nicht weit von hier. Als junger Mann setzte er sich in den Kopf, sein Haus ganz alleine zu erbauen. Es sollte anders werden als alle anderen Häuser, welche er kannte, selbst wenn er dafür sein halbes Leben brauchen sollte. Sein ältester Bruder schalt ihn: ‚Warum baust du dein Haus nicht so, wie es unser Vater vorgemacht hat? In der Zeit, die du allein schon mit der Planung für dein Heim vergeudet hast, haben ich und unser jüngster Bruder jeder sein Haus errichtet. Unsere Kinder, die dort geboren wurden, gehen mittlerweile zur Schule. Würdest du dein Zuhause nur nach unseren Plänen bauen, fertig wärest du jetzt und könntest auf Brautschau gehen.'

Mein Großvater besah sich seiner Brüder Häuser und sagte: ‚Dein Heim ist ganz wie das unseres Vaters: stabil und groß und schön. Und das Haus unseres Jüngsten ist klein und modern, ganz wie die Häuser der Städter, die zum Urlaub auf unsere Insel kommen. Aber in keinem dieser Häuser würde ich wohnen wollen.'

Und er werkelte alleine weiter an dem Haus, es wurde immer verwinkelter und hatte bald zwei halbe Etagen zwischen dem Erdgeschoss und dem Dachboden.

Als mein Großvater dann aber eines Tages doch mit seinem Haus fertig war, lernte er eine schöne Schlesierin kennen, die alsbald mit Sack und Pack bei ihm einzog; auch ihre drei Kinder – eines davon mein Vater – und eine schwerhörige Tante bewohnten nun das Haus. Ihre Heimat Schlesien hatten sie verlassen müssen unter schrecklichen Bedingungen, nichts konnten sie mitnehmen als die Kleider am Leib und das eigene Leben. Doch ihre Heimat, die nahmen sie in ihren Herzen mit. So richtete meine Großmutter das Haus mit schlesischen Bildern, Selbstgestricktem und Geschirr ein; unter der Treppe steht heute noch eine hölzerne Truhe, die über und über mit schlesischen Motiven bemalt ist.

Wenn meine Großmutter auf Schlesisch mit meinem Großvater schimpfte, verstand er kein einziges Wort, nur dass sie ihm böse war. Doch er wusste, dass ihr Zorn so schnell verrauchen würde, wie er gekommen war. Und an jedem Sonntag nach der Messe kochte sie für ihn und die Familie nach altem schlesischen Rezept Rouladen oder Wirsinghühnchen mit Klößen oder Breslauer Rotkraut, und für die Kinder gab es Backpflaumen zum Nachtisch.

Nach dem Essen setzte sich mein Großvater dann mit mir auf die Veranda und trank seinen friesischen schwarzen Tee mit Kluntje, Sahne – und an kalten Tagen auch mit etwas Rum. Dann steckte er sich eine Pfeife an, schaute in den Sonnenuntergang und murmelte: ‚Jetzt ist es mein Haus.'

Kurz nachdem der Fährmann geendet hatte, erreichten sie die Insel. Sartin gab dem Fährmann das Geld für die Überfahrt und fragte: „Was kann ich dir geben für deine klugen Worte?"

Der Fährmann lachte wieder: „Bezahl mir die Luft, die ich zum Erzählen brauchte. Meine Geschichte dauerte mir nur so lang wie ein Priem, und den gebe ich dir aus. Ab jetzt ist es deine Geschichte nicht weniger als meine."

# Das Gründelkind

In einem Dorf am rauen schottischen Meer war es der neue Küster der Gemeinde, dem das Zeichen bekannt war. Obwohl Sartin sich nicht mehr sicher war, ob er weiter dem Heimatzeichen folgen solle, so tat er es doch meistens, da ihn noch kein Ort als neues Zuhause lange gehalten hatte.

Als Sartin in das schottische Dorf kam, war er schon sehr lange gereist, ohne jemanden zu finden, der das Zeichen erkannte; er begann, die Hoffnung zu verlieren, ob er je eine Heimat finden würde.

In dieser Stimmung stand Sartin nach der Messe noch eine Weile gedankenverloren vor der Kirche aus grobem Stein. Die Kirche lag direkt an der schroffen Felsküste und wirkte mehr wie eine kleine Trutzburg, welche die Gläubigen vor den wilden Fluten schützen sollte denn wie ein Gotteshaus.

Der Küster verließ als letzter die Kirche und schloss das Tor. Dann sah er Sartin auf dem Vorplatz stehen und sprach den Fremden freundlich an: „Sei willkommen, Caraid. ‚Caraid', das ist Schottisch und heißt Freund."

„So stammt Ihr gewiss hierher, aus Schottland?", fragte Sartin.

„Ich habe das Dorf, in dem ich geboren bin, nie verlassen."

Sartin spürte, dass es Zeit war, das Heimatzeichen wieder jemandem zu zeigen und holte die Zeichnung hervor.

Der Küster sah sie sich lange an. Dann betrachtete er Sartin und sprach: „Das Zeichen kenn' ich wohl, doch benennt es nicht einen bestimmten Ort auf dieser Welt." Er gab Sartin die Zeichnung zurück. „Du suchst also nach deiner Heimat, jedoch weißt du nicht, was dich dort erwartet und was du von deiner Heimat erwarten sollst?"

Sartin war erstaunt, dass der Küster dies allein anhand des Zeichens erkannt hatte.

„Für Fragen, die aus deinem tiefsten Innern kommen – Wer bin ich, woher komme ich, was soll ich tun? – muss man viel Muße gehabt haben. Aber weit gereist sein muss man dafür nicht", erklärte der Küster. „Dieses Zeichen zeigt dir bestenfalls die Richtung, in die du gehen musst, um deine Heimat zu finden. Aber erreichen kannst du deine Heimat erst, wenn du spürst, was du suchst – wenn du aufhörst, nach einem Ort zu suchen, sondern stattdessen Menschen findest – und sie dich finden –, die dich erkennen und so nehmen, wie du bist."

Er sah Sartin lange an und erriet die Frage, die ihm auf der Zunge lag, also fügte er hinzu: „Deine Eltern können dir nur ihre Welt erklären, nicht deine. Das Heimatzeichen kann dir helfen, deine Eltern wiederzusehen, aber kein Kind wirst du dann mehr sein." Dann erzählte der Küster Sartin die Geschichte vom Gründelkind.

*„Es war einmal in einem Dorf, das rund um einen kleinen See lag, da lebte ein verwitweter Vater mit seiner Tochter Jorgaya. Erst seit ein paar Jahren wohnten sie dort in einem klitzekleinen Haus, nachdem sie ihre Heimat hatten verlassen müssen nur mit einem einzigen Koffer an der Hand, weil alle Menschen ihres Glaubens beim alten König in Ungnade gefallen waren. Jorgaya war zu jener Zeit noch sehr klein gewesen und erinnerte sich kaum noch an die alte Heimat. Aber in der guten Stube ihres Häuschens am See hingen, direkt gegenüber der Eingangstür, zwei Bilder: Ein kleines Bild von Jorgayas Mutter und ein großes Bild von der Stadt, in der Jorgaya geboren wurde. Dieses zeigte die Stadt so, wie Jorgaya sie gesehen hatte, wann immer die Familie bei der Rückkehr von ihren Reisen das Stadttor passierte. Fast jeden Tag erzählte der Vater seiner Tochter von diesem Ort; ein ums andere Mal zeigte er ihr auf dem Bild die Stätten ihres früheren Lebens. Jorgaya aber war noch zu jung, um sich die Stadt und das Leben darin nur anhand eines Bildes vorzustellen und beschäftigte sich lieber mit ihrem Spielzeug.*

*Eines Abends jedoch nach der Schule, als der Vater noch bei der Arbeit war, fiel Jorgayas Blick auf das Bild. Sie stutzte, denn direkt über dem Dach des Hauses, wo ihre Eltern früher gelebt hatten, glaubte sie etwas zu sehen, was ihr dort bisher noch nie aufgefallen war: es schien wie ein Lichtzeichen, ein weißer Vogel – oder war es doch nur eine Spiegelung der*

*Abendsonne? Das Mädchen nahm eine Kerze und ging ganz nah an das Bild heran. Aber das Objekt über dem Dach des Elternhauses entdeckte sie nicht mehr. Sie rückte noch näher an das Bild, als plötzlich die Kerze der Leinwand zu nahe kam und ein kleines schwarzes Loch in das Bild brannte, genau in die Mitte des Elternhauses.*

*Jorgaya erschrak sehr, denn der strenge Vater hielt dieses Bild in Ehren als sein letztes Erinnerungsstück an die ferne Heimat. Sie versuchte den Fleck mit etwas Wasser abzuwaschen, aber er ging nicht weg, stattdessen verwischten sich die Farben um den Fleck herum.*

*‚Ich mache es nur schlimmer durch alles, was ich tue!', rief Jorgaya entsetzt und begann zu weinen.*

*Also nahm sie das Bild ab, holte es aus dem Rahmen und rollte es zusammen. Dann lief sie aus dem Haus und suchte nach jemandem, der ihr helfen könnte.*

*Just als sie den Uferweg erreichte, der um den ganzen See herum verlief, meinte sie eine tiefe Stimme zu hören, die einen alten Choral sang. Jedoch erblicken konnte sie niemanden. Also rief sie in die einsetzende Dämmerung: ‚Lieber Gott, wenn du mich hören kannst: Ich brauche deine Hilfe, damit mein Vater nicht böse auf mich ist.'*

*Da entzündete sich einige Meter rechts von ihr eine der Straßenlaternen. Jetzt entdeckte Jorgaya den Laternenwächter mit dem schwarzen Bart, der soeben seine abendliche Runde um den See begann.*

*,Was machst du noch so spät hier draußen, kleines Mädchen?', fragte der Laternenwächter, als er Jorgaya sah.*

*Sie erzählte ihm von ihrem Missgeschick und der Laternenwächter besah sich das Gemälde, drehte es um und schüttelte den Kopf.*

*,Der Brandfleck hat sich fast bis auf die andere Seite des Bildes durchgefressen. Es kann nur dann so werden wie früher, wenn du den Fleck aus deiner Erinnerung heraus ganz vorsichtig übermalst.'*

*,Aber ich kann nicht sehr gut malen, außerdem erinnere ich mich nicht mehr genau daran, was das Bild unter dem Fleck zeigte.'*

*Der Laternenwächter dachte nach, dann riet er dem Mädchen: ,Auf der anderen Seite des Sees sitzt fast jeden Tag ein kleines Kind direkt am Ufer und sieht den Schwänen zu. Niemand weiß, wer es ist und woher es kommt, aber man nennt es das Gründelkind. Die Menschen gehen zu dem Gründelkind mit ihren Sorgen und das Kind hilft ihnen mit Trost und Rat. Vielleicht kann es auch dir helfen.'*

*Jorgaya dankte dem Laternenwächter und machte sich entlang des Sees auf die Suche nach dem geheimnisvollen Kind.*

*Ein Weilchen, nachdem sie den Laternenwächter getroffen hatte, kam sie an einen kleinen Park mit einem alten windschiefen Pavillon. Von dort meinte sie eine Stimme zu hören, sah aber niemanden, nur eine Puppe in Form eines großen Fischs, welche auf der Bühne des Pavillons lag. Also ging sie hin und fragte die Puppe: ‚Lieber Fisch, kannst du mir sagen, wo ich das Gründelkind finden kann?‘*

*Statt der Puppe antwortete jedoch ein junger Mann mit roter Mütze und traurigem Gesicht, der im Schatten hinter der Bühne gesessen hatte. ‚Kleines Mädchen, es dämmert bereits. Wenn das Gründelkind nicht am See sitzt und den Schwänen zuschaut, ist es womöglich schon schlafen gegangen. Vielleicht kann ich dir helfen?‘*

*‚Bist du ein Zauberer?‘, fragte Jorgaya den jungen Mann. ‚Wer ist diese sprechende Puppe? Und warum siehst du so traurig aus?‘*

*‚Ich bin nur ein Bauchredner und das ist meine Puppe Orson, der Wels. Orson spricht durch mich und ich durch ihn, er gibt mir den Mut, vor Publikum aufzutreten mit meinen Geschichten. Übermorgen soll ich auf dieser Bühne spielen, drum übe ich hier. Doch es ist nicht leicht, Witze und Geschichten zu erzählen, wenn niemand zuhört.‘*

*Jorgaya holte das Bild hervor und rollte es aus. Da sah sie mit Schrecken, dass der Brandfleck noch größer geworden war. Sie versuchte, sich der Stellen des Bildes zu entsinnen, die nunmehr unter dem schwarzen Ruß verschwunden waren – erinnerte sich aber nur noch an die Kirche in der Mitte und die große Eiche auf dem Dorfplatz.*

*‚Dieses Gemälde ist das Wichtigste, das mein Vater besitzt, die letzte Erinnerung an seine alte Heimat. Aber ich machte aus Versehen einen Brandfleck darauf, als ich es mir genauer anschauen wollte. Nun*

*suche ich das Gründelkind, damit es das Bild wieder heil machen kann. Was soll ich bloß tun, wenn es schon schlafen gegangen ist? Wie kann ich zu meinem Vater nach Hause zurückkehren mit dem Bild, welches immer schwärzer wird?'*

*,Dein Vater wird dir gewiss nicht böse sein, denn du hast das Bild nicht absichtlich beschädigt. Du wolltest ja mehr von seiner Heimat erfahren. Was hätte dieses Bild denn für einen Sinn, wenn nicht den, dass du es dir ansiehst und verstehst, wo deine Familie herkommt? Aber nun musst du weiter nach dem Gründelkind suchen, denn bald wird es dunkel sein.'*

*Also ging Jorgaya weiter und erreichte alsbald die andere Seite des Sees. Das Gründelkind aber war nirgends zu sehen. Dafür hörte sie aus dem kleinen Theater hinter dem Uferweg erneut eine Stimme – sie war hell und klar und kam aus der Hintertür des Theaters, die einladend offen stand. Jorgaya trat ein und stand direkt an der Seite der Theaterbühne.*

*,Schöne Stimme: Weißt du, wo ich das Gründelkind finden kann?', rief das Mädchen, als die Stimme pausierte. ,Es muss mir dringend helfen, denn das Bild von der alten Heimat meines Vaters wird immer schwärzer, und ich möchte nicht, dass er traurig ist wegen mir.'*

*Da schaute aus einer kleinen Luke mitten auf der Bühne eine alte Frau hervor und sprach: ,Ich bin nur die Souffleuse, ich helfe den Schauspielern mit dem nächsten Satz, wenn sie mal ihren Text vergessen.*

*Drum muss ich die Texte aller Schauspieler kennen. – Wie aber kann ich dir helfen, kleines Mädchen?'*

*Jorgaya zeigte wiederum das Bild, auf dem der Fleck noch weiter gewachsen war. Nunmehr fehlten auch das Rathaus und der Brunnen mit den Tauben und den spielenden Kindern.*

*Die Souffleuse überlegte und sprach: ‚Es ist schon spät, gewiss ist das Gründelkind bereits schlafen gegangen – und auch für dich wird es Zeit, nach Hause zu gehen. Ich habe aber eine Idee: Wenn dein Vater nach Hause kommt und traurig ist über den Fleck auf dem Bild, überraschst du ihn mit einem Gedicht aus seiner alten Heimat. So wirst du ihn versöhnen.'*

*Und sie suchte zusammen mit Jorgaya in den Büchern, die in dem Theater lagerten, ein Gedicht aus der Heimat des Vaters heraus. Jorgaya schrieb es sich ab und las es sich so oft laut vor, bis sie es auswendig zu können meinte.*

*Daraufhin kehrte Jorgaya nach Hause zurück. Dort erwartete der Vater sie bereits sorgenvoll. Als Jorgaya erkannte, wie glücklich er darüber war, sie gesund wieder daheim zu sehen, schöpfte sie Mut und berichtete ihm von allem – auch, dass der Fleck nun wohl schon fast das ganze Bild überdecken würde: Das Elternhaus und die Kirche, die große Eiche, das Rathaus, den Brunnen mit den Tauben und Kindern und womöglich bereits den schneebedeckten Berg mit der Kapelle und dem Gipfelkreuz. Dann trug sie ihm das Gedicht vor, aber nach ein paar Zeilen bemerkte Jorgaya, dass ihr der Schluss entfallen war.*

*Da nahm der Vater sie in den Arm und vollendete das Gedicht aus seiner alten Heimat aus seinem Kopf. Danach tröstete er sie: ‚Das Bild der Heimat, welches so lange in unserer Stube hing – du hast es gerettet, denn nun trägst du es in deinem Herzen, weil du dich all der wichtigen Dinge auf dem Bild erinnerst.'*

*Schließlich nahm er die Rolle mit dem Bild und öffnete sie, und zu ihrer beider Überraschung leuchtete das Bild ohne jeden Makel in den schönsten Farben, so als wäre es eben erst gemalt worden. Nur die Gesichter der Kinder am Brunnen waren nun andere: Sie sahen aus wie Kinder aus Jorgayas Klasse in der Dorfschule am See. Der Vater fragte Jorgaya: ‚Dann hast du wohl doch das Gründelkind getroffen, ohne es erkannt zu haben?'*

*‚Ich traf nur drei Erwachsene: einen bärtigen Laternenwächter, einen traurigen Bauchredner und eine alte Souffleuse.'*

*Der Vater lachte: ‚Niemand weiß um die Herkunft und das Geschlecht des Gründelkindes. Man sah es am See, schon lange bevor wir in dieses Dorf gezogen sind. Mittlerweile wird es erwachsen sein.'*

*‚Aber warum nennt man es das Gründelkind?', fragte Jorgaya.*

*‚Weil es sich mehr als die meisten anderen Menschen die kindliche Offenheit bewahrte, um tief in unseren Seelen nach den Erinnerungen zu suchen, welche wir für unseren weiteren Weg benötigen.'*

*Am nächsten Morgen ging Jorgaya zurück zum See, um sich bei ihren Helfern vom Vortag zu bedanken. Doch sie traf weder die Souffleuse, noch den Bauchredner, noch den Laternenwächter an. Dafür saß am anderen Ende des Sees ein kleines Kind am Ufer und schaute den Schwänen auf dem Wasser zu. Jorgaya umarmte das Kind und bedankte sich überschwänglich, da lachte es so herzlich, wie nur Kinder lachen können. Drum wagte sich Jorgaya, das Kind zu fragen: ‚Nun verrate mir: Wer warst du gestern, als ich dich nicht erkannte: der Bauchredner, die Souffleuse oder der Laternenwächter?‘*

*Das Kind aber lächelte verschmitzt und antwortete: ‚Nicht eine Antwort das Gründelkind nennt, die nicht der Fragende selber kennt.‘*

*Sodann verwandelte es sich vor Jorgayas Augen in einen schönen weißen Schwan und hob ab, flog über den See und die Dächer des Dorfes, bis es schließlich so hoch flog, dass Jorgaya es nicht mehr auszumachen vermochte.“*

Der Küster beendete seine Geschichte. Sartin kam es vor, als würde er aus einer Trance erwachen: „Noch nie zuvor vernahm ich dieses Märchen, dennoch ist mir, als wäre es immer schon da gewesen. Auch erinnert mich das Schicksal von Jorgaya und ihrem Vater an meine eigene Familie.“

Der Küster nickte: „Es ist die Geschichte so vieler Familien auf der ganzen Welt. Aber sag mir, Sartin: Welches Bild würdest du sehen, nachdem das

Gründelkind es geheilt hat: die alte Heimat oder die neue?"

Sartin grübelte eine Weile, doch dann spürte er, dass der Küster keine Antwort auf diese Frage erwartete.

# Saudade

Lange nach der Zeit im kühlen Schottland erreichte Sartin ein Land an der Küste, das trotz des Seewinds viel wärmer war. Die Menschen, die dort lebten, erschienen Sartin abwechselnd nachdenklich und fröhlich zu sein, und ihre Lieder drangen tief in seine Seele. Am Abend nach einem Konzert in einem der zahllosen Wirtshäuser saß er noch ein Weilchen am Tisch des Lautenspielers, mit dem er sich beim Singen abgewechselt hatte.

„Du siehst traurig aus", sagte Sartin.

„Traurig? Vielleicht. Wir haben ein eigenes Wort in unserer Sprache für diese Art der Melancholie: Saudade. Es lässt sich schwer übersetzen, obwohl es jeder manchmal fühlt, nicht nur hier in Portugal. Es meint eine Schwermut, die dich nicht lähmt, sondern zum Suchenden macht, eine Traurigkeit, die sich mit dem Glück verträgt, auch weil sie um dessen Endlichkeit weiß, es meint das Warten auf die Rückkehr derjenigen, die man liebt, aber auch das Fernweh, wenn man daheim ist, und das Heimweh, wenn man auf Reisen ist. Es gäbe kein Glück, wenn es kein Saudade gäbe."

Sartin bestellte für sich und den Lautenspieler einen Schoppen Wein, dann begann er, von seinen Reisen, dem Heimatzeichen und den Menschen zu erzählen, die ihm auf dem Weg in die gesuchte Heimat mal mehr, mal weniger geholfen hatten.

Der Lautenspieler lauschte seinen Worten, dann sprach er: „Mir scheint, dass Jussiweh, der selbsternannte Wahrsager, in deinem Bericht zu schlecht wegkommt. Als einziger zögerte er nicht, dir seine Heimat anzubieten. Der Weise und die alte Frau hingegen, von welchen der alte Clown berichtete, sandten Thorn mit ihren unklaren Fragen von Ort zu Ort. Heimat – das können Menschen sein, Sehnsüchte, Erinnerungen an Gerüche, Klänge, ... Doch darfst du Heimat nicht allein aus der Vergangenheit heraus begreifen. Auch ein neues Ziel, eine Aufgabe können dir eine Heimat geben; eines Tages werden deine eigenen Kinder Teil deiner Heimat sein. Denn Heimat und Familie sind nichts Unveränderliches wie ein Haus aus Stein, sie erneuern sich mit jeder Generation so wie die Natur um uns herum. Suchst du nicht auch dein eigenes Glück, wird deine Familie irgendwann nur deine Vergangenheit sein, und dies ist zu wenig, um eine Heimat zu sein.

Auch wird dir etwas – sei es ein Ort oder eine Familie – wohl erst dann zur Heimat werden, wenn du darum gelitten und getrauert hast, und sei deine Trauer, dein Leid auch noch so kindlich. Dies gehört zur Heimat, es sind ihre tiefsten und manchmal die letzten Wurzeln. Ein Ort mag schön sein und vertraut, aber erst die traurigen Erinnerungen machen ihn unverwechselbar für dich. Diese Erinnerungen, sie mögen dich forttreiben von deiner Heimat, dann wieder lassen sie dich zu ihr zurückkehren. Zudem wird es dir nicht erspart bleiben, Heimat auch über all die Dinge zu begreifen, die dir nicht gefallen, die du nicht bist.

Daher helfen all die gelehrten Fragen dir ab einem bestimmten Punkt nicht weiter, denn was du suchst, ist keine Antwort, und wenn du es gefunden hast, brauchst du auch die Fragen nicht mehr.

Doch in einem Punkt hatten die Fragen des Küsters, des Weisen und der alten Frau einen guten Grund: Zum Anfang deiner Reise dachtest du, dich würde nur das fehlende Geld von der neuen Heimat trennen. Nun beginnst du zu erahnen, dass die Heimat in dir selber wachsen muss, und dass du mit jedem Stück Welt, welches du kennenlernst, mehr erkennst, wer du bist. Deine Heimat und Familie seien dir daher keine Wurzel, die dich festhält, sondern eine Quelle in deinem Herzen."

Sartin lauschte dem Portugiesen, doch für den Moment war es der schweren Gedanken zu viel. Auch machte der Wein, dass sein Kopf sich zu drehen schien. Also fragte er den Portugiesen nach dessen eigener Geschichte.

Dieser lächelte nur verschmitzt, stand auf und spielte ein Lied voll Schlichtheit und Tiefe; Sartin schien es, als käme der Gesang des Portugiesen ganz ohne Töne und Worte aus.

Dann setzte sich der Lautenspieler wieder, bestellte noch einen Wein und antwortete Sartin: „Meine Geschichte willst du hören? Mein Lied erzählt dir alles, was du wissen musst. Ich will versuchen, es dir vom Sinn her zu übersetzen:

*‚Eines Tages hatte ich einen wundersamen Gedanken, schön zugleich und beglückend, also ließ ich ihn nicht mehr los und sprach: ‚Du bist der schönste Ge-*

*danke, von dem ich je Besitz ergriff. Nie wieder lasse ich dich gehen.'*

*Da antwortete der Gedanke: ‚Aber du kannst meinesgleichen nicht besitzen. Egal wie fest du mich auch hältst, schon in der nächsten Sekunde kann ich jemandem auf der entgegengesetzten Seite der Welt erscheinen.'*

*‚Dann erfüll mir wenigstens drei Wünsche.'*

*Der Gedanke ließ sich darauf ein, unter einer Bedingung: ‚Ich habe keine Gestalt und keinen Körper. Keinen Wunsch kann ich dir also erfüllen, den du mit dir nehmen kannst, es sei denn, du selbst kannst ihn dir aufzeichnen.'*

*Ich überlegte hin und her und nannte dem Gedanken schließlich meine drei Wünsche:*

- *ein Bild meiner aus den Augen verlorenen ersten Liebe*
- *die Melodie des Liedes, welches meine Mutter mir sang, wenn sie mich in Kindesjahren ins Bett brachte*
- *die Erinnerung an den Geruch aus der Küche meines Vaters, denn er arbeitete als Koch in einem kleinen Gasthaus direkt am Meer.*

*Und der Gedanke zeichnete das Bild meiner Geliebten in den Sand, pfiff mir das Lied meiner Mutter und ließ den Wind eine Prise des Geruchs von Meersalz, Fisch und Salbei herbeitragen, zusammen mit dem Schrei der Möwe vom nahen Strand.*

*Ich sah das Bild der Geliebten an, das Gesicht eines jungen Mädchens. Es war wunderschön, genau wie ich sie damals kennengelernt hatte. Inzwischen aber war ich kein Junge mehr, und auch sie war gewiss kein Mädchen mehr. So wünschte ich ihr alles Glück der Erde, wo immer sie auch sein mochte, und ließ die Erinnerung an sie fahren, gerade als es zu regnen begann und das Bild vom Wasser weggewaschen wurde.*

*Das Lied der Mutter schrieb ich mir auf, doch es hatte nicht mehr den Zauber auf mich wie in den Tagen der Kindheit. Ich ahnte, so würde es bleiben, bis ich eigene Kinder hätte, um es ihnen vorzusingen. Also steckte ich das Notenblatt in einen alten Koffer und stellte den Koffer auf den Dachboden.*

*Den Duft von Meersalz, Fisch und Salbei dagegen, der so schnell verflogen wie er gekommen war – er machte mich hungrig und ich ging die Küste entlang, bis ich zum nächsten Wirtshaus kam. Dort brachte man mir den leckersten Kabeljau, ich bat um etwas Salbei zum Würzen sowie um ein Glas grünen Weins. Als ich satt war, wusste ich diese eine Erinnerung an meinen Vater wieder in meiner Nähe. Und für alles, was ich war, dankte ich still ihm und meiner Mutter.*

*Als ich aufstand aus dem Küstenlokal war mir der Gedanke längst entfleucht, den ich so fest zu halten gedacht hatte. Und so blieb mir nichts als eine vage Erinnerung an ein wunderschönes Bild, eine Melodie, die auf ihre Zeit wartet, auf dass ich ihren Zau-*

*ber erneut entfache, und die Dankbarkeit an meine Eltern für alles, was sie mir auf den Weg mitgegeben haben. Und obwohl der Gedanke unwiederbringlich fort war und seine Gaben kaum eine Stunde mit mir gewesen waren, bin ich heute ein glücklicherer Mensch."*

# Haaridez Pümf

In den Wochen darauf wurden die Winde rauer. Sartin fand Anstellung bei einem Weinbauern, für den er in und um den Schuppen Reparaturen vornehmen sollte. Die Arbeit gefiel ihm, denn so hatte er den Winter über ein einfaches Bett und ein Dach über den Kopf sowie täglich ein Frühstück und eine warme Suppe. Außerdem erinnerte das Leben im Weinberg ihn an die Herbstferien mit der Familie beim Großvater, als er noch ein kleines Kind war. So fühlte er sich seiner Familie nahe und war darüber traurig und glücklich zugleich.

Als er eines Tages an einem Geräteschuppen arbeitete und die Holzbretter für alle vier Wände verschraubt und verleimt waren, sagte er zum Vorarbeiter: „Ich brauche einen zweiten Arbeiter, um die Seiten nun im richtigen Winkel zusammenzufügen."

Also kam am nächsten Montag ein Arbeiter mit rotbraunem Haar und hellgrünen Augen, dessen Leinensachen alt und abgetragen waren.

„Guten Morgen, es ist schön, nicht mehr allein hier im Weinberg zu arbeiten! Mein Name ist Sartin", begrüßte Sartin den Fremden.

„Haaridez Pümf! Mikelit Ngorgas."

Sartin war es gewohnt, dass die meisten Menschen in Europa genug von seiner Sprache verstanden, sie hatte sich durch Handel, Religion und viele Volkslieder über die meisten Länder ausgebreitet. Diesmal aber verstand er nichts, noch nie zuvor hatte er eine Sprache wie die des Fremden vernommen.

Doch über die gemeinsame Arbeit, welche der Vorarbeiter ihnen in den nächsten Wochen gab, lernten sie bald, sich durch Blicke und Handzeichen zu verständigen. Der Fremde tanzte und lachte gern, zugleich war er oft nachdenklich und still. Des Abends aber sangen sie einander die Lieder in ihren jeweiligen Sprachen vor.

Eines Tages zeigte der Fremde, den inzwischen alle im Dorf „Mikelit" nannten, auf das zusammengerollte Blatt mit dem Heimatzeichen. Sartin öffnete es, rollte es aus und zeigte es dem Mikelit. Dieser bestaunte es, nahm es vorsichtig in beide Hände und drehte es viermal ein Viertel, und jedes Mal lachte er mit einem Ausdruck der Bewunderung. Dann nahm er einen Zweig und malte ein Zeichen in den Sand, es sah aus wie der obere linke Teil des Heimatzeichens.

„Wrilljitha" – der Mikelit zeigte auf seine Augen und schaute herum, dann tat er gleiches mit seinen Ohren, schnupperte hörbar mit seiner Nase, tat so, als würde er von einem Getränk kosten. „Wrilljitha", wiederholte er.

Dann zeichnete er den oberen rechten Teil des Heimatzeichens, verschränkte seine Arme vor der Brust und stellte sich schlafend, doch summte er leise und tief. Er öffnete die Augen wieder und zeigte auf den Boden direkt vor seinen Füßen, dann führte er die Arme gerade hoch und zeigte auf den Himmel im Lot über ihm.

„Llekij."

Das untere linke Viertel des Zeichens kratzte er in den Sand und umschrieb es, indem er die Arme vor der Brust wog, als läge ein kleines Kind darin, dann ging er kraftstrotzend kurz umher, um sich dann wie vom Alter gebeugt mit kleinen Schritten fortzubewegen. Schließlich legte er beide Arme zwei unsichtbaren Menschen über die Schulter, sah Sartin an und sprach: „Llereillja."

Das letzte, untere rechte Viertel des Zeichens malte er auf, die Bewegungen, welche er danach machte, erinnerten Sartin an Jussiweh: mit offenen Armen drehte sich der Mikelit um sich selbst. Dann nahm er ein Stück Erde und roch freudig daran.

„Hreba" – er griff sich pathetisch ans Herz, breitete seine Arme aus mit den Handflächen nach oben und richtete das Gesicht mit geschlossenen Augen gen Sonne. „Hreba."

Sartin betrachtete die vier Skizzen aufmerksam. Ihm fiel auf, dass ein kleines, einfaches Element aus dem Heimatzeichen in keiner der Skizzen des Mikelit vorkam. Es glich einem größeren Dreieck, welches nach links zeigte, auf dessen rechter langer Seite oben ein kleineres Dreieck angezeichnet war. Sartin besah sich das Heimatzeichen daraufhin genau und zeichnete das fehlende Zeichen schließlich neben die anderen Symbole in den Sand. Er zeigte es dem Mikelit und sah ihn fragend an. Der Mikelit aber zuckte nur die Schultern. So gingen sie in die Schenke, doch des Nachts konnte Sartin nicht schlafen, so sehr grübelte er über die Bedeutung der vier Symbole nach, und über das fünfte.

Einige Tage später, die Arbeiten am Vierseithof waren fast vollendet, da überraschte ein Wintersturm die Gegend. Der Schnee fiel so heftig, dass es kein Herein und kein Heraus mehr gab aus dem Tal. Also beschloss Sartin, dass es nun eine gute Gelegenheit wäre, endlich eine fremde Sprache zu lernen. Er holte zwei Humpen Bier beim Wirt und setzte sich zu dem Mikelit: „Haaridez Pümf?" Sartin stellte das Bier auf den Tisch und legte auch einen Stift und ein leeres Blatt vor den Fremden hin.

Mikelit lachte, nahm das Bier und sagte: „Wronin."

Dann erhob er das Glas und rief: „Haarundeit gmund!"

Und Sartin folgte seinem Beispiel: „Haarundeit gmund!"

Nachdem der Mikelit das Glas wieder abgesetzt hatte, lächelte er, schrieb ein paar Zeichen, Buchstaben nicht unähnlich, auf den Zettel und malte zwei Bierkrüge daneben, wie sie aneinanderstoßen. Dann schob er den Zettel wieder zu Sartin hinüber und sah ihn erwartungsvoll an.

Sartin schrieb „Prost" daneben, erhob seinerseits den Humpen und rief „Prost", sogleich antwortete ihm der ganze Raum.

In diesem langen, kalten Winter lernte Sartin nicht nur eine Sprache, sondern auch viel über die Kultur, Geschichte und Mentalität der Tambulain, von deren Existenz er zuvor nicht einmal geahnt hatte. Er lernte Worte für Gefühle, Situationen und Gegenstände, für die es in seiner Sprache keinen Begriff gab, und über die er sich auch noch nie im

Klaren gewesen war. Und er gewann einen Freund, selbst wenn er diesen nach der gemeinsamen Zeit im Weinberg nicht wiedersehen würde – jeder unserer Freunde bleibt für immer in unserem Herzen bei uns.

Die Tambulain waren einst über die Seidenstraße nach Europa gekommen: die einen als reiche Kaufleute, daheim in allen Kulturen. Die einfachen Arbeiter hingegen, die nach Europa wanderten, schliefen in den Scheunen und hatten kein Zuhause mehr auf der Welt außer ihre Familien irgendwo in Asien, die sie von ferne ernähren mussten von ihrem Tagelohn.

„Mikelit", so stellte es sich übrigens heraus, ist das Wort der Tambulain für „also". Fast jeden Satz begannen die Tambulain damit. Der Name des Fremden aber war Pümf, doch Pümf sagte ihn nur sehr selten.

# Ejnikka

Als der Frühling nach dem langen Winter angebrochen war, kam Sartin in eine alte Stadt, dort gelegen, wo sich zwei Wege und zwei Flüsse treffen. Noch nie seit der Trennung von seiner Mutter war er sich so unsicher gewesen, ob er weiter dem Heimatzeichen folgen sollte, das ihn schon durch halb Europa geführt, aber der Heimat und dem Wiedersehen mit der Familie wohl nicht einen Meter näher gebracht hatte.

Als er zum Nachmittag auf dem Marktplatz seine Lieder spielte, bemerkte er eine junge Frau, fast noch ein Mädchen, vielleicht zwei oder drei Jahre jünger als er. Ihr wildes, rotblondes Haar hatte sie sich über die rechte Schulter zu einem groben Zopf gelegt. Sie hörte ihm gebannt zu und zu seinem Erstaunen sang sie die Lieder mit, die er von seiner Mutter gelernt hatte. Also fragte er sie, als es Zeit war für das gemeinsame Abendbrot mit den Bauern und Handwerkern: „Woher kennst du die Lieder aus meiner Heimat? Stammst auch du aus Galephia?"

Da lachte sie und sprach: „So lange haben wir uns nicht gesehen, dass du deine Schwester Ejnikka nicht mehr erkennst?"

Sartins Schwester war gerade einmal vier Jahre alt gewesen und zu jung für die beschwerlichen Reisen, als Sartin und Yanni die Heimat ob der drohenden Kriegsgefahr verließen. Die Erinnerung an Ejnikka war zwar tief in Sartins Herz verankert, aber es war seinem Kopf nicht gelungen, sich das kleine Mädchen vorzustellen, wie es mit den Jahren wuchs und zur jungen Frau wurde. Jetzt, wo sie vor ihm stand, erkannte er die Augen der Mutter und des Vaters Lachen in Ejnikkas Gesicht. Ejnikka aber hatte seinen Namen auf einem Plakat entdeckt; so hatte sie ihn gefunden.

So waren die Geschwister überglücklich und erleichtert, nach all den Jahren gesund und munter wieder vereint zu sein. Zusammen zogen sie weiter und hatten sich viel zu erzählen. Ejnikka berichtete ihm von Vater Yannu, mit dem sie all die Jahre durch die Welt gezogen war, ebenso wie er mit Mutter Yanni. Vater Yannu war Handwerker und Steinmetz. Er hatte seiner Tochter vieles beigebracht, bis auch er sich an einer Weggabelung verabschiedete, um in die neue Heimat vorauszugehen. Und auch wenn Ejnikka über die Geschichten von Mutter Yanni über den Vater oft lachen musste ob all der Erfindungen und Ungenauigkeiten, so erkannte sie doch, dass diese Erzählungen Vater Yannu genauer beschrieben, als dies mit Schilderungen von wahren Begebenheiten möglich gewesen wäre.

Auch Ejnikka trug den Namen der neuen Heimat mit sich, als kunstvoll vom Vater aus Bronze geschmiedetes Amulett; es leuchtete fast so schön wie Gold. Das Zeichen entsprach fast genau dem Heimatzeichen auf dem Zettel der Mutter. Sartin erzählte Ejnikka von Pümf, dem Tambulain und dessen Wissen um die verschiedenen Bedeutungen, die im Heimatzeichen verborgen waren. Er zeigte ihr die Skizzen der vier Zeichen sowie den Teil des Heimatzeichens ohne Entsprechung in der Sprache der Tambulain. Ejnikka besah es kurz und staunte: „Dies ist das Steinmetzzeichen von Vater Yannu, daran erkennt man seine Werkstücke an jedem Gebäude, an welchem er mitwirkt. Nie fiel mir auf, dass es im Heimatzeichen enthalten ist."

Sie nahm ihr bronzenes Heimatzeichen und besah es sich genau. Anstelle des Steinmetzzeichens war eine stilisierte Achtelnote in die Mitte des Heimatzeichens eingearbeitet. Da begannen beide allmählich zu erahnen, warum ihre Eltern ihnen nur dieses Zeichen gaben, um die neue Heimat zu finden: „Sartin, unsere Eltern wussten auch noch nicht, an welchem Ort sie ankommen und eine neue Heimat finden. Sie wussten nur, welche Hoffnungen und Sehnsüchte sie zu ihrer neuen Heimat führen würden. Folgen wir den Sehnsüchten, die wir von ihnen geerbt haben, dann besteht gute Hoffnung, dass wir auch unsere Eltern finden. Gelangen wir also in eine Hafenstadt, wo der Mond des Nachts zum Greifen nah erscheint, oder zu einem Ort am Fuße von Bergen, in denen im Herbst die Weinreben rot in der Sonne leuchten, dann wollen wir nach einer Sängerin fragen mit der Stimme einer Nachtigall. Und auf Baustellen, auf denen Großes entsteht, werden wir nach dem Zeichen von Vater Yannu Ausschau halten."

„Aber warum suchte unsere Mutter nicht gemeinsam mit mir – uns – nach dem Vater?"

„Ich weiß es nicht, Sartin. Vielleicht befürchtete Mutter Yanni, dass du vergisst, erwachsen zu werden, solange du mit ihr zusammen den Vater suchst."

So brachen sie bald darauf guten Mutes auf und starteten in die Richtung ihrer Schatten, spielten ihre Lieder und reparierten, was es zu reparieren gab. Denn schließlich hatte das Heimatzeichen schon Ejnikka und Sartin auf unerklärliche Weise zusammengeführt. Sartin lehrte seine Schwester mit der Zeit Gitarre spielen und tanzen, und er lernte von ihr das Handwerken und mit Geld zu wirtschaften.

Manchmal verspielten sie sich, und manchmal klang es dann schöner als all die Male zuvor. Dann merkten sie sich diese neuen, ungewohnten Melodien und bauten sie in ihre Stücke ein. Wenn dann die Leute fragten, woher diese schönen exotischen Lieder stammten, dann gaben sie vor: „So klingt die Musik in unserer Heimat." Und bei sich dachten sie: Nicht mehr lange, dann werden diese Lieder in der neuen Heimat erklingen.

# Die Kindersoldaten

Im Sommer des Jahres, in dem sich Sartin und Ejnikka gefunden hatten, wanderten die Geschwister mehrere Tage durch einen tiefen dunklen Wald. So dicht erschien er ihnen, dass sie schon glaubten, der Wald werde sie nie wieder freigeben. Notdürftig orientierten sie sich daran, an welcher Seite die alten Bäume bemoost waren, um die Himmelsrichtung beizubehalten und sich nicht im Kreise zu bewegen.

Gerade als sie glaubten, den Rand des Waldes erreicht zu haben und die Steinmauern einer Stadt durch die Bäume zu erspähen, brach mit einem Mal eine Bande von Kindern und Jugendlichen mit wildem Gejohle aus den Büschen hervor. Bewaffnet mit Pfeil und Bogen, Steinen und Messern, Fackeln und Schleudern umkreisten sie die Geschwister und riefen ihnen zu: „Stehengeblieben, dies hier ist unser Wald! Entweder bezahlt ihr uns oder ihr werdet es bitter bereuen!"

„Aber wir haben gerade eben genug Geld bei uns, um in unsere Heimat zu gelangen. Und der Weg ist noch weit und mühsam. Habt Gnade und fordert etwas anderes, was wir für euch tun können."

Zu ihrer Überraschung sprach die Schar fast wie aus einem Munde: „So erzählt uns eine fantastische Geschichte, dann lassen wir euch frei!"

Und der kleinste der Bande krähte: „Aber eine, die wir noch niiiiiiiiiiiie gehört haben!"

„Ihr seid mir aber seltsame Räuber", sagte Ejnikka. „Was treibt euch in den Wald? Und warum wünscht ihr euch ausgerechnet Geschichten, wenn kein Geld zu holen ist?"

„Wir sind von unseren Eltern an einen General verkauft worden, kaum dass wir einen Säbel zu tragen vermochten. Aber von Jahr zu Jahr kehrten immer weniger von den Kindersoldaten wieder nach Hause zurück. So flohen wir eines Tages in den tiefen Wald. Hier leben wir nun schon seit Jahren. Doch haben wir keine Schule besucht und niemanden außer uns selbst, mit dem wir reden könnten. Vor den Erwachsenen aus unserer Stadt müssen wir uns hüten, denn die würden uns wohl wieder an die Armee verkaufen."

Das betrübte die Geschwister sehr, und beide dachten nach, welche fantastischen Geschichten ihnen für die entflohenen Kinder in den Sinn kamen. Zu seinem Erstaunen fielen Sartin statt der vielen Geschichten, die er mittlerweile kannte, ausgerechnet Dinge ein, die er in den Schulbüchern von Galephia gelesen hatte, denn diese erschienen ihm am unglaublichsten und fantastischsten – mehr noch als alle Märchen und Sagen. So begann er zu erzählen: „In einem Land fern von hier leben wundersame fliegende Wesen, die aus dem Staub der Blüten den leckersten Saft machen, den je ein Mensch gekostet hat. Große Nester bauen sie aus Blütenstaub, und ihre Königin bestimmen sie dadurch, dass nur sie den Saft aus den Blüten ganz besonderer Blumen zu trinken bekommt."

Und Ejnikka fuhr fort: „Und wenn sie ein neues Nest suchen, weil sie die Blüten rings um ihr altes leergetrunken haben, dann schwärmen die Klügsten von ihnen in alle Himmelsrichtungen aus, um nach einer neuen Heimat für ihren Stamm zu suchen. Kehren sie dann von ihren Erkundigungen zurück, tanzt eine jede von ihnen den anderen vor. Sie dreht sich und schlägt mit den Flügeln um so schneller und schöner, desto mehr Blüten es an dem Platz gibt, den sie entdeckt hat; und die Richtung und Ausdauer, mit der sie sich bewegt, zeigt den anderen die Richtung und Entfernung des Futters an, welches sie gefunden hat."

Sartin setzte wieder mit dem Erzählen ein: „Und die anderen um sie herum bewegen sich daraufhin immer mit demjenigen links oder rechts, der den schöneren Tanz vollführt. Sobald sich aber der ganze Schwarm im Gleichklang wie im Reigen bewegt, fliegen sie los und finden so ihre neue Heimat."

Gerade als Sartin und Ejnikka mit dieser Geschichte fast fertig waren, kehrte der Älteste der Bande von der Streife zurück, hörte kurz zu und sagte kalt: „Das ist keine fantastische Geschichte, so machen es die Bienen auf der ganzen Welt, in jedem Jahr, schon solange es Bienen auf der Erde gibt."

Und der Kleinste krähte: „Genau, das wusste ich doch! Also musst du uns noch eine Geschichte erzählen."

Sartin hätte so vieles von den Wundern der Natur erzählen können: von den Schollen, bei denen ein Auge im Laufe ihres Lebens auf die andere

Seite des Kopfes wechselt, damit sie flach auf dem Boden schwimmen können; von Zugvögeln und Heuschrecken, die Wanderschaften über Tausende Kilometer unternehmen; von kleinen Vögeln, die Krokodilen die Zähne reinigen, ohne gefressen zu werden; von Fröschen, die vom Himmel regnen; Raupen, die den feinsten und schönsten Stoff erzeugen, aus dem die Kleider für Königinnen und Zauberer gewebt werden; Ameisen, die in unterirdischen Kammern Pilze züchten und vieles mehr.

Schließlich entschied er sich für ein Märchen über die Pilze und Bäume eines uralten Waldes, und wie sie einem Menschenkind helfen wollen, das in ihrem Wald ausgesetzt worden war:

„Die Pilze des Waldes bildeten also einen großen Kreis, um sich zu beratschlagen. Niemand konnte sie hören, denn sie sprechen nicht wie wir, sondern sind unter der Erde über lange Fäden miteinander verbunden. Je älter die Pilze sind, desto länger werden auch ihre Fäden. So können sich die Ältesten und Weisesten der Pilze irgendwann mit allen anderen Pflanzen des Waldes verständigen. Und in einem Wald, der so alt ist wie dieser, haben auch die Bäume gelernt, sich miteinander zu unterhalten mithilfe der Fäden der Pilze – ohne dass die Menschen etwas davon bemerken."

Doch den Kindersoldaten schien dies zu fantastisch und auch etwas unheimlich, wie sie da auf dem Waldboden standen oder saßen. Also lachten sie Sartin aus, noch bevor er mit dem eigentlichen Abenteuer der Pilze und Bäume und des Menschenkindes beginnen konnte.

Der Älteste tat gelangweilt und fragte mürrisch: „Wie sollen Bäume und Pilze denn ein Abenteuer erleben, wo sie sich doch nicht vom Fleck rühren können?"

Und der Jüngste krähte: „Das war schon deine zweite Geschichte. Und wie in jedem anständigen Märchen hast du nur drei Versuche frei!"

Sartin dachte lange nach, dann seufzte er und sprach: „Wenn ihr denn eine Geschichte hören wollt, die noch niemand je erzählt und niemand je gehört hat, dann stellt eure Fackeln so in der Mitte der Lichtung zusammen, dass sich ihre Flammen verbinden wie in einem Lagerfeuer."

So taten sie, wie ihnen geheißen; Sartin und Ejnikka setzten sich nahe an das Feuer und die Kinder um sie herum. Sartin wartete noch eine Weile und schaute jedem der Zuhörer einen Moment lang in die Augen, dann richtete er seinen Blick ins Feuer und sah den Flammen beim Tanzen zu.

Schließlich begann er zu sprechen, so als würden seine Worte erst in diesem Moment in seinem Mund entstehen, und erzählte der Bande der geflohenen Kindersoldaten die Geschichte von einer Sängerin und ihrem Kind, die durch Europa ziehen und eine neue Heimat suchen, er berichtete, wie das Kind erwachsen wird und seine Schwester trifft und mit ihr aufbricht, wie sie schließlich wieder Hoffnung fassen, die neue Heimat und ihre Eltern zu finden.

Die Kinder hörten gebannt zu, es wurde dunkel über die lange Geschichte; die Fackeln waren fast erloschen, als Sartin seine Erzählung beendete. Eine Weile sagte keiner ein Wort, Birkenwasser und Beeren machten die Runde, dann fragte der kleinste von ihnen: „Siehst du deine Geschichten in den Flammen?"

Sartin schaute auf: „Solange die Menschen sesshaft sind, versammeln sie sich nachts um das Feuer und erzählen sich dort Erlebtes und Erfundenes, Trauriges und Fröhliches, auch Albernheiten und Gruselgeschichten. Und das Feuer hört all dies. Selbst als die Menschen begannen, ihre Worte aufzuschreiben, wurde vieles wieder im Feuer verbrannt, damit es vergessen werde. Doch das Feuer vergisst nichts."

Nun war es an Ejnikka, eine Abschiedsgeschichte für die Kindersoldaten zu erzählen. Sie wollte die Kinder ermutigen, eigene Abenteuer zu erfinden, und so ging ihre kleine Erzählung:

*„Es lebte einmal ein Märchenerzähler, der sammelte in einer alten Streichholzschachtel ständig Ideen für neue Namen. Diese sollten die Gestalten tragen, die in den Märchen vorkamen, welche er sich erdachte. Wann immer ihm dann ein Märchen einfiel, suchte er in der Schachtel nach den passenden Namen: böse Namen für die Bösen, gute Namen für die Guten, schöne Namen für die Schönen, ulkige Namen für die Lustigen. Manchmal fand er nicht den richtigen Namen für eine Figur, dann tauschte er einen einzigen Buchstaben hin und her, so wurde ein böser Name komisch, ein vertrauter Name fremd.*

*Eines Tages suchte der Märchenerzähler einen passenden Namen für einen hundsgemeinen Dieb.*

*Da versteckten sich alle exotischen Namen in der hintersten Ecke, sodass er nur den Namen Franz Müller in seiner Schachtel fand. ‚Franz Müller, so heißt doch kein Dieb! So hieß mein Sitznachbar in der Schule, der heute ein angesehener Kaufmann ist und schon schütteres graues Haar hat.' Er wusste jedoch nicht, dass Franz Müller ihm schon mit zwölf Jahren seine Schreibfeder aus der Schulmappe gestohlen hatte, und auch nicht, dass derselbe Franz Müller bis heute eine gar diebische Freude empfand, wenn er einem Kunden etwas verkauft hatte, das dieser gar nicht brauchte.*

*Und was der Märchenerzähler auch nicht wusste: Die kleinen Zettel in der Streichholzschachtel, auf denen die Namen standen, erzählten sich in den langen Tagen und Nächten des Wartens gegenseitig ihre eigenen Geschichten, in denen sie mal Helden, mal Liebende, mal gerissene Gauner oder Prinzen und Prinzessinnen waren, ganz so wie sie es sich wünschten; dabei war ihnen einerlei, ob ihre Namen nun böse oder sanft, edel oder lächerlich klingen mochten. Und so werden in dieser kleinen alten Streichholzschachtel seit Jahr und Tag mehr spannende oder romantische, lustige oder traurige, weise oder törichte Geschichten erzählt als in dem dicksten Buch der Welt."*

Als Ejnikka geendet hatte, sprach der Anführer: „Nun möget ihr ziehen, etwas Proviant wollen wir euch mitgeben als Dank. Seid eingeladen, mit uns zu bleiben, so lange ihr wollt, zumindest bleibt noch für diese Nacht."

Am nächsten Morgen verabschiedeten sich Sartin und Ejnikka von den Kindersoldaten, um die Suche nach der neuen Heimat fortzusetzen. Noch beim Aufbrechen vernahmen sie, wie der erste Junge zaghaft damit begann, eine eigene Geschichte zu erzählen. So zogen die Geschwister hoffnungsvoll in Richtung der nächsten Stadt.

Ejnikka jedoch wirkte still und unsicher. Schon während der Erzählungen der Kindersoldaten über deren Erlebnisse war ihr immer beklommener ums Herz geworden. Zwar war Ejnikka noch sehr jung gewesen, als sie mit ihrem Vater die Heimat verlassen musste, doch spürte sie, dass manches, was die Kinder berichtet hatten, dem Schicksal von Galephia ähnelte, das nun vom Krieg zerstört, verarmt und fast entvölkert war.

Kurz nachdem sie den Wald hinter sich gelassen hatten, kamen sie an eine Weggabelung mit einem Wegstein. Auf diesem sahen sie voller Erstaunen zum ersten Mal das Heimatzeichen und daneben einen Pfeil; nach rechts wies er die Richtung. Da fragten sie einen ihnen entgegenkommenden Wanderer, wie er dieses Zeichen wohl ausspräche. Denn wie Sartin und Ejnikka richtig erahnten, sah der Wanderer nicht das Heimatzeichen, sondern den Namen eines Ortes in der Nähe. Doch der Name der Stadt war ihnen gänzlich unbekannt. Überrascht fragte der Wanderer: „Wo habt ihr bloß in all den Jahren gelebt? Im Hafen von Istergard brummt das Leben bei Tag und bei Nacht. Dort lässt der Erzbischof die größte Kathedrale Europas bauen; von überall her kommen die besten Handwerker und Künstler!"

Sartin war sehr aufgeregt, nun endlich den Namen der neuen Heimat zu kennen. Als er sich aber zu seiner Schwester umschaute, bemerkte er eine große Traurigkeit in ihren Augen. „Was ist? Freust du dich nicht, dass wir der neuen Heimat und dem Wiedersehen mit den Eltern zum Greifen nahe sind?"

Da wagte Ejnikka auszusprechen, was sie bedrückte, seit Sartin ihre Geschichte am Feuer den Kindersoldaten erzählt hatte. Ängstlich fragte sie ihren Bruder: „Also sind wir und unsere ganzen Erlebnisse nur erfunden?"

„Nein, so ist es nicht. Dies ist unsere wahre Geschichte, jedes Wort und jedes Lied und jeder Weg darin. Aber diese Geschichte findet so oder ähnlich an vielen Orten und zu allen Zeiten statt. Und so unterschiedlich die Menschen sind, so unterschiedlich sind auch die Orte, aus denen Mutter, Vater und Kinder kommen, die Gründe, warum sie ihre Heimat verlassen und die Lieder, die sie singen. Und noch bevor eine Geschichte endet, fängt woanders eine neue an und sucht sich ihre Wege."

Und so begannen die Abenteuer von Sartin und von seiner Schwester Ejnikka auf der Suche nach ihrer Heimat.

# ENDE

Der Erzähler klappte das Buch mit der Geschichte von Yanni, Sartin und Ejnikka zu, schaute in die Runde und sprach: „Ich werde manchmal gefragt, ob Sartin und Ejnikka denn schließlich ihre Heimat erreichen und ihre Eltern wiedersehen. Ja, das tun sie, aber diese Geschichte handelt nicht vom Ankommen, sondern vom langen, kurvenreichen Weg dahin. – Und nun schlaft."

*Und Tuchse Raighe? Wenn ihr sie seht, werdet ihr sie erkennen. Vielleicht. Oder sie euch.*

*Aber ich rate euch: Verpasst nicht euer Leben bei dem Versuch, sie zu finden.*

## Danke

Ich danke allen, die sich durch frühe Versionen der Geschichten in diesem Buch geackert haben, für ihre Anmerkungen und Ermutigung, insbesondere (in alphabetischer Reihenfolge):
Anke Plötz, Christa Esser, Ruth Hobus, Steffi Manz, Thorsten Kroll, Ulrike Vellmer, Walter Schlevoigt, und vor allem Sabine Lingener, ohne die dieses Buch nur aus leeren Seiten bestünde.
Außerdem danke ich Jörg Hörnlein für die wunderbaren Illustrationen und der Literarischen Werkstatt des Friedrich-Bödecker-Kreises e. V. in Magdeburg für literarische Entwicklungshilfe.

# Über den Autor

Nach einer Kindheit im Ruhrgebiet als Leseratte verwandelte sich Clemens Esser, Jahrgang 1964, in den 80er Jahren pubertätsbedingt in einen Hobby-Rockbassisten, kaum beeinträchtigt durch Ökonomiestudium und die Berufstätigkeit als Volkswirt in Bonn. 2009 dann der Umzug nach Magdeburg und die Reifung zum Chortenor und öffentlichen Angestellten.

Bei einer Fahrradtour kam ihm die Idee für sein erstes Märchen „Die Krötchenfrage" über den verliebten Tagetis Knirsch.
Seit 2017 arbeitet Clemens Esser als freier Autor und schreibt an Märchen sowie Kurzgeschichten unterschiedlicher Genres.
Im Chor singt er weiterhin voller Inbrunst, wenn auch kaum hörbar.